U0116811

男孩收容所
NANHAI SHOURONGSUO

秦文君　著

接力出版社
Publishing House

嗨！我是小香咕，好久不见啦！看到我的新发型了吗？我的衣服漂不漂亮？我遇上很多新鲜又好玩的事儿呢，想看看吗？

香 咕：

　　她视为小妹妹的布娃娃小饭被何桑弄回家了，何桑把小饭扔在她家的马桶边，让它天天被臭气熏，还故意激怒香咕：让小饭跪在她家的窗台上，敞开窗子，让所有的过路人都看见。香咕气呼呼地冲上旧公房，可是何桑死也不开门，站在里面唱山歌，哇啦哇啦的。等香咕再下楼时，看到小饭又被何桑按着，强迫跪着，身上还绑着黑色的鞋带呢。香咕躲在楼下哭了一会儿，她知道何桑是不会跟她讲理的，就开始了自己的努力。

香 拉：

　　她的小脑袋里也装着香咕想为病重的爸爸做花瓣枕头的事情，她不爱去公园采花，嫌那里太远了，她喜欢直接去花店门口转悠，看见有人买花，就上前去问买花的人要一朵最小的花。人家问她为什么要讨花，她有时候说病人要，有时候说是一个小人儿想要呀，于是人家就会给她一朵，其实她说的那个小人儿就是她自己。

小坦克

车大鹏：

　　这个人平时有点马大哈，可是对学校的义卖会还挺上心的，特意穿上小西装，那是他最好的衣服。他带来义卖的东西是很怪的，是一只名叫"小坦克"的乌龟，另外还有两条毛毛虫。听说那两条毛毛虫是他自己培育出来的，他对它们很好，给它们取名叫"可怜虫"。可是车大鹏这个卖主太难对付了，老是变来变去的，有女孩跑过来问小坦克的价格，他还要为难人家呢。

可怜虫

胡骄姨父：

他出差的次数特别多，好像全世界都有他认识的人，那些人很需要他，要他管的事情很多呢。胡骄姨父很中意马莎姨妈，觉得能娶到这样漂亮的妻子是非常幸福的。他的父母都已经去世了，所以他就把外公外婆当成自己的父母看待。有一次出差回来，他带给外公外婆一大堆礼物，其中有一个纸盒子被放在一堆烟上面，不停地动弹，动着动着，忽然砰的一下从高处落下来，原来里面装着小铁甲……

小张舅妈：

这一天真是破天荒呀，小张舅妈挽起衣袖到厨房去帮外婆干活，又是刷锅子，又是炒菜的，原来，她想早一点拿到那笔卖老房子的钱。她给外婆家带来了大麻烦，所以连外婆家的小动物都开始抗议了呢。

目　录

香拉要走啦。

离别的日子渐渐地挨近了，香拉把她的木头小猪放进了她爸爸的大行李箱，还有别的一些宝贝玩意儿，像小杨老师给她批过好分数的作文，参加大姑的海边婚礼时得到的"大海的礼物"，还有她做给她爸爸小爹爹于杰的"金酒杯"什么的。

那些东西平时她都看管得好好的，她在哪里它们就在哪里，有时她跟着外婆去凤仙婆婆家住一晚，也要带着它们呢。

胡马丽花说："她真的要走呢，香露，你看呀。"

大表姐香露嘀咕说："真是怪事，为什么要跟我说？又不是我叫她走的，脚长在她身上。"

外婆忙着理东西，她把香拉一年四季的衣服装进大行李箱时，还要留恋地闻一闻那些小衣服。香咕看见了感到心里空落落的，很舍不得呢，香拉虽然很任性，可也是自己可爱的小表妹呀。

她说："我们还是再劝劝香拉吧。"

"太晚了，小红阿姨帮她把飞机票都买好了。"香露的口气里显出一点后悔来，她偷偷地问香咕，"那次大家说香拉瞪着眼睛像傻瓜一样，是比喻呀，不会伤了她的心吧？"

香咕和香露还有胡马丽花躲在拉岛间里一起发愁，怎么帮助外婆度过离别前的这段日子？她伤心成这样，早晚会病倒的呢。另外，她们也想在香拉走之前对她好一点。

"我们自己办一个有趣马戏团，让路易驹和小秧秧还有小铁甲来给香拉表演，"香咕说，"把小格格也请来。香拉很喜欢小狗小猫小龟的。"胡骄姨父有一次出差，带回一只小山龟，香咕她们很喜欢，于是给它取名叫"小铁甲"。胡马丽花说："对呀，让小铁甲来表演时装模特儿。"

"我们还要玩仙女赠厚礼，就让香拉做仙女吧。"香咕说。

香露说："可以。这一次我不想说抱怨的话，就让香拉演最小的仙女，因为她就是一个又小又可爱的小人儿，大家高高兴兴的，反正她要走了。"

可是香拉却不领情，听了她们的打算很生气，跑去对外婆说："我不要呀，她们看见我要走，就要开庆祝会，好像何桑要走了一样。"

外婆还以为是真的，就说："拉拉心肝小小年纪就要去异乡了，你们要比往常对她更好。不然，她走了以后就不想回来了。"

胡马丽花说："冤枉呀，我们可不是这个意思。"

"哼。"香拉很傲慢呢。

香咕说："还是一起玩吧，多留下一点美丽的回忆。"

"哼！我才不呢。"香拉把脸扭过去了。

"你不相信就拉倒吧，我们自己玩了。"香露说，"会很有意思的。"

"我才不稀罕呢。"

香露感到很没面子，就赌气地说："好啊，我们把她开除了。"

"大肉包。"香拉气愤地说。

后来，香咕她们只好三个人玩了，在大房间里开办马戏团。因为香露是最要面子的，她非要玩得高兴，让香拉后悔。

可是没有最小的观众了，香露就让小秧秧来演香拉，坐在她们身边的观众席上。

香露找出一些旧手绢，折起来，绑在小铁甲的硬壳上，又给它做了一个T型台。它像是很了解自己正在表演呢，迈起步子来煞有介事的。

大家笑翻了，但是想到这么好玩的场面香拉没有看到，又觉得很惋惜。胡马丽花对小秧秧说："懒猫，不许打呼噜，你要多看看，因为你现在不是小猫了。"

小香拉还不干了呢，听到大家的笑声就觉得来气，她冲进来把披在小铁甲壳上的"时装"扯掉，说那是破布头。一会儿她又跺跺脚，骂路易驹是傻狗，她还拎起小秧秧的耳朵，把它甩在大水床上。

小秧秧气坏了，就在大水床上打滚，像在绕着的一团毛线。

"不许玩，不许玩。"香拉说，"一只臭小猫怎么能代表我呢？"

香拉凶得像一头小狮子，连香露看见她都胆怯呢。她们只好把门锁起来玩，可是过了一会儿，不见香拉来砸门，她们又觉得很诧异，因为大家还等着她上门来呢，彼此吵几句，然后再和好，也不会伤了感情的。

可是打开门，哪里也不见香拉呀，她跟着外婆去买东西了。

"不玩了。"香露说，"很幼稚的游戏。"

"好没意思呀。"胡马丽花也说。

香咕想，怎么会是这样的呢？没有香拉在一起玩了，大家都提不起兴致来，原来这个小人儿很重要呢。

可是香拉却不是这样的，她还没有走，好像心已经走掉了。

她不理香咕她们，她们早上去学校时等着她，想带着她一起走，可是她蹦蹦跳跳地拉着她爸爸妈妈的手。原来，她要跟着她的爸爸妈妈去牙防所补蛀牙，还要和他们一起去书店买新字典和书。

小爹爹于杰解释说："我就担心香拉去了那里后，慢慢地把中文忘了，我原想等她学好母语后再去的。"

男孩收容所

去学校的路上，香咕她们都有些闷闷不乐，真的吗？那香拉可能就变成另外一个小孩，而不是天天和她们在一起的香拉了。

香咕她们你看看我，我看看你，心里都不能接受一个不会讲中文的香拉，多生分呀，到时候她们在一起玩的时候，她只能演从美国买回来的洋娃娃。

何桑对香拉的离开倒是很无所谓，她来敲过两次门，说到香拉走的那天，要送一个光屁股的玻璃小人儿给香拉呢。虽然香拉要做美国小孩去，自己做不成她的大师姐了，可是也没有关系，想做她徒弟的人很多，都排着长队伍呢，只是她不高兴搭理他们，因为他们都是男的，比她坏多了，和她不是一条心。

小黑人月亮特地送了香拉一个小小的木雕，现在他的中文比过去又好一点了，会说："你要去'美过'了？到时'黄莺'来中国啦。"那个"美过"是什么意思，谁都明白的，而那个"黄莺"就是"欢迎"的意思。

好像林铁蛋、小毛满他们也送礼物了。香拉很喜欢收礼物，收到后就举着说："礼物礼物，金银财宝，看呀，礼物礼物，金银财宝。"

"多贪心呀。"香露说，"她变了，我还是情愿她变回来的。"

胡马丽花伤心地说："就是呀，她就要离开我们了，却好像一点也不难过呢。"

"对呀，这个没良心鬼。"香露说。

香咕说："对她好一点吧，等她走了，我们会很想念她的。"

星期日，香拉就要走了。星期六的中午，凤仙婆婆和崔先生请客吃杭州菜，说要送送香拉一家。香咕她们都收到邀请了，那天马莎姨妈和胡骄姨夫也去了，因为他们已经和崔先生成了好朋友，经常在一起聚会的。

凤仙婆婆让香拉坐在她的左边，让香咕坐在她的右边。她还说，等自己身体好一点后，要带着香咕一起去看香拉，她还记着答应带香咕出国旅行的事情呢。

"香咕不会来看我的。"香拉伤心地说，"她们开除我了。"

"你为什么要那么想呢？"

香拉不回答，只说："外婆说了，凤仙婆婆最想请的人是我，你们都是跟着来的。"

"是啊，小人儿。"凤仙婆婆让香拉多吃一点，说到了美国，只能吃薯条和牛排了，再也吃不到这样正宗的中餐了。

她让崔先生把龙井虾仁、东坡肉，还有醋鱼什么的都往香拉碗里放，香拉听到以后吃不到了，就变得很贪心了，大吃大喝的。

等到大家走出饭店时，香拉往饭店门口的台阶上一坐，哭丧着脸说："我走不了路了，撑着了。"

香拉的爸爸小爹爹于杰要背着她走，可是香拉摇摇头。

"不能在这里坐着，很不像样的。"小爹爹于杰说。

"我一动，就要吐出来的呀。"香拉哭起来了，"我就想坐着不动，像石头一样。"

"可是风很大，会着凉的。"马琳姨妈说，"还是走吧。"

"不要呀，我要坐一会儿。"香拉说。

小爹爹和马琳姨妈都责怪香拉不乖，香咕连忙说："我也有一点想坐呢，我来陪香拉吧。"

香露和胡马丽花也异口同声地说："我们也是呢。"

她们陪着香拉坐着。香拉很虚弱，她把小脑袋靠在香咕的肩上，把小手伸在香露的袖子里暖着，胡马丽花轻轻地帮着她揉小肚子。

外婆悄悄地流泪了。凤仙婆婆看见后，也说："多好的姐妹，想到她们要尝到分离之苦，心里真是很不好受呀。"

过了大约半小时，香拉才好起来。为了庆祝自己又活过来了，香拉提议办一个马戏表演，后来她们真的玩起来了，每一个人都扮演了驯兽女郎，只不过有的驯狗，有的驯猫，有的驯龟。香拉主动提出，她来驯木头小猪小木拖，因为它很省事的，让它怎样，它都不会反对的，驯兽女郎把它从很高的地方推下来，也没事。

这一次玩得很开心，香拉变温和了，拿着一个本子叫表姐们签名，说签上后她们的友谊就被记录了，以后大家不能再说难听的话，也不能嘲笑人了。她说，表姐们的一句不中听的话，她能连着生三天的气，肚子都快气破了。

香咕她们都痛快地签上了大名。

当天晚上，香咕她们把早已准备好的礼物送给香拉，希望她看见它们就会想起她们来。

香拉在那个本子上记着：

这只漂亮的
笔袋是香咕
姐买的……

"这支彩色的水笔是大表姐香露送的，这只漂亮的笔袋是香咕姐买的，这只布头小猫是胡马丽花姐姐的大姑送的，因为太好玩了，所以才转送给我的。"

那一晚，外婆哭肿了眼睛，马琳姨妈陪着她流眼泪，马莎姨妈也来了，她们形影不离。香拉跑来了，要和三个表姐挤在一张大水床上。她们让香拉睡在中间，香露和胡马丽花伸着胳膊搂着她，香咕给她讲好听的故事。

"真温暖呀，"香拉说，"我有好姐姐的。"

半夜里，香咕醒来了，听见香拉在呜呜地痛哭。她问香拉怎么了，香拉说是正在做梦呢。

早晨起来，外婆来给香拉叠被子，抱着香拉的枕头落泪了，说拉拉心肝已经哭了好几天了，她的小枕头上都是泪水，湿了一大片呢。

早饭后香拉要走了，香咕她们都难过极了，她们四个在饭桌边手牵着手，连在了一起。

香咕很心疼香拉，为她担心，不想让香拉为离别悲伤成这样，她说："没关系的，你可以打电话回来的。"

胡骄姨父开着他的阔气的小飞船来了，马莎姨妈要代表香咕她们去机场送香拉、马琳姨妈，还有小爹爹他们。马莎姨妈不让外婆和外公送到机场，这些天外婆简直就像掉了魂，整天恍恍惚惚的，外公的心情也不好，白胡子都长出来了。

"送君千里，终有一别。"马莎姨妈说，"你们就在门口和香拉道别吧。"

大家开始往小飞船上面搬运大行李箱了，外婆又失声哭起来。

马莎姨妈拉着香拉，让她快跑，不要在外婆面前晃来晃去。

香咕她们把香拉送到小飞船跟前。香拉跨上了车，这时何桑走来了，递给香拉一个纸盒，说："给，这是最流行的玩具。"

"里面是光屁股的玻璃小人儿吗？"香拉问。

"玻璃小人儿的头掉了，碎成玻璃渣了。"何桑笑着说，"这个玩具更好，很刺激的呢。"

香拉微笑着打开盒子，忽然她的小脸僵住了，哇的一声尖叫起来，叫声惊天动地，她还把盒子也摔了出来，只见从盒子里掉出来一只血淋淋的断手，它还会一动一动地勾指头呢。

这下，香咕她们也感到毛骨悚然，不由得也大叫起来。

香拉受了惊吓后从小飞船上逃下来。她的妈妈马琳姨妈连忙跑来抱住香拉，轻声安慰她，但是香拉不肯听，一定要找到外婆，因为香拉自小受惊害怕的时候，都是外婆来安慰她的。

男孩收容所

"我要外婆，我不走。"香拉说。

"拉拉心肝，拉拉心肝。"外婆跑来了，哭着搂住香拉。

马莎姨妈不想让这悲伤的场面拖得太长，只好硬着心肠说："妈妈，好妈妈，飞机要起飞了，快松手吧。"

外婆意识到了，连忙松开了手。可是香拉却不肯，她死死地抱着外婆，哭哭啼啼，死活不松手，她是跟着外婆长大的，从来没有离开过一步。

她说要把外婆带到美国去，不然她就不坐大飞机了。

大家劝说了半天都不行，眼看要耽误航班了，小爹爹于杰只能打电话给小红阿姨，把香拉的那张机票退掉，和马琳姨妈匆匆而去。

香咕她们看着小飞船飞一般地开走，而香拉还在她们身边，都叫起来："欢呼！欢呼！"

"欢呼什么呀？从此以后，你们要对我更好。"香拉一本正经地说，"因为你们都签过名字了……我还得到了那么多的礼物，不走也很合算呀。"

"每次你不讲理的时候，我就当你马上要离开了，那样就受得了啦。"香露笑着说，"不过还是合算呀，赚回来了一个小人儿妹妹。"

"可是……你还是把我看成麻烦小孩呀。"香拉不满地说。

"不要指望我们天天围着你转，"香露说，"那样你会变成无法无天的小孩。"

　　不过，拌嘴归拌嘴，到了夜里，她们四个挤在了大水床上，紧紧地靠在一起。她们都明白，彼此是那么珍惜姐妹之情。

　　多好啊，能和心心相印的表姐表妹在一起，这件事情真美妙呀！

男孩收容所

高庄被拐杖婆婆收留后，吃她家的饭，睡她家的床，都成了她家的孩子了。

不过，大家都知道，高庄和拐杖婆婆很合得来，跟她说话时总是滔滔不绝，高兴着呢。原来他在舅舅家时，因为家里有一个整天斜着眼睛看他、讨厌他的舅妈，所以心情很不好，除了偶尔跟梅花说上几句话，平时他都像一个小哑巴。

香咕看见车大鹏成了搬运工，他把高庄的小箱子、书包，还有兔子球球都一股脑儿地搬进了拐杖婆婆家里。这还不算，车大鹏还把他自己的一些用品，什么闹钟呀，拼图板呀，手电筒什么的装在袋子里，从楼上嗨哟嗨哟地扛下来，搬进拐杖婆婆家，说是他妈妈叫他送给高庄的。

有好几次，香咕在乘电梯的时候，听见赛仙婆婆和别的邻居议论纷纷，说："天底下哪有这样的舅妈呀，连外甥都不要了，赶出门去，小孩的舅舅也是，什么都听老婆的……"

邻居说："小高庄无家可归了，真可怜。"

车大鹏插话说："可怜什么呀，我还羡慕他以后没有人管头管脚了。唉，真想和高庄做伴，也做拐杖婆婆家的孩子呢。"

赛仙婆婆笑起来，说："看看，养孙子都是白养的，养大了他的人，却收不了他的心……要是我能有一个像香露这样的孙女就好了，做梦也会笑出声来呢。"

"反正，我想在那里住，你不要拦我呀。"车大鹏对赛仙婆婆说。

车大鹏不仅自己搬去住了，还把林铁蛋、小毛充、小毛满什么的都叫去，把那里当成男孩收容所了。

不过，收容男孩子的地方，女孩子也能去的呀。再说拐杖婆婆最喜欢香咕和香拉，她们几天不去她就会想得不行，要派人带口信来叫她们过去。

这天，小毛满就跑来招呼香咕。

"喂，拐杖婆婆叫你们去过好日子。"小毛满对香咕说。

好日子？真的有吗？香咕和香拉连忙跑去了。

拐杖婆婆的家并不大，只有两间小房子，而且都是平房，小房子里摆了各种各样老式的家具，还有各种用了多年的小百货，像一个小仓库。她的房子崔先生曾请人来帮着装修过的，所以里面很整洁，墙是雪白的，地板是闪闪发亮的，不显得乱糟糟的，也不难看。相反，很有趣，时不时能从抽屉里翻出一些稀奇古怪的老货，什么抓痒痒的小耙子、什么老式的雕花筷子，门后面还挂着老寿星拐棍、老式汽油灯。

拐杖婆婆家的小房子前有个院子，香咕她们进去的时

候，男孩们都挤在那里。那个院子里有个小花坛，种着花，还有一口小小的井，那口井还是甜水井，是保安公公年轻时用大力气挖的，很深很深。这口井很有情意，夏天给拐杖婆婆的井水是清凉的，冬天时给的水很温暖呢。

男孩们和拐杖婆婆一起在院子里野炊，高庄是掌勺人，他会支起锅子炒糖炒栗子，还会烤红薯呢，还能把豆荚蒸得香喷喷的。

他有了好吃的东西后，首先想到给拐杖婆婆品尝，然后再喂一喂球球，自己却不怎么吃。那兔子球球就住在院子里，它喜欢喝井水。

香拉问高庄："你再也不用把球球送走了吗？"

"是啊，拐杖婆婆说它想住多久就住多久。"高庄说，"你们也为球球有了合法居住权高兴吧？"

"一点也不高兴。"香拉绷着小脸说。

香咕听了吓了一跳，不知香拉为什么这样，她问："你是随便说的吗？"

"不是，是真的很不高兴。"

"怎么啦？"高庄问。

香咕看见高庄皱起了眉头，就小声提醒香拉说："不会的，不会的，香拉，你一定是在说笑话吧？"

香拉说："我喜欢兔子被高庄的坏舅妈送走了，然后我们大家再帮高庄把它救回来。"

高庄笑一笑，放心了。他渴了，也开始猛喝井水呢。

拐杖婆婆给高庄做了新衣服和新裤子，可是那身新衣服上衣显得很长，快到膝盖了，裤子就更长了。不过高庄却很喜欢，他觉得拐杖婆婆懂得他的心思，因为他相信自己现在虽然还是一个小矮子，但是一定会长高的，到那时衣服会显得很合身。

高庄真是很能干的，他能照顾大家，对拐杖婆婆也格外忠心，对这个新家很珍惜的，他不断地把被风吹散的小碎炭捡拾起来，让小院子干干净净的。

小毛满他们开始吃糖炒栗子，也不好好地剥开吃，玩起了"拍栗子"的游戏，高庄不允许他们乱扔壳儿，说要让院子保持得好好的，和野炊前一样，看上去很舒服。

高庄跑前跑后的，成了拐杖婆婆家真正的小主人，他嘴里还嚷嚷着："你们吃呀，准备了好多呢!"

但是只要有人问起关于他舅舅家的事情，他就沉默了，不愿意说话了。

这时，高庄的舅舅来看高庄了，他走进来，和拐杖婆婆说了几句话，就和高庄一起干活，张罗着要给院子里的花盆翻一翻土。

一会儿，高庄舅舅的手机响了。他拍打着身上的尘灰，打算要走的时候，高庄好像有点难过，塞了一包糖炒栗子给舅舅，就站在院子里看他走远。

这时，香咕不由得叫出了声，她看见在更远的地方，站着高庄的表妹梅花。她踮着脚朝这边张望，可是一步也不朝这里来，听说她妈妈不允许她接近自己的表哥高庄，看到他们在一起，就会大吵大闹的，说要把梅花赶出家门。

就在香咕她们过"好日子"过得最热闹的时候，何桑跑来了。

何桑本来就长得高大，她雄赳赳地走来，都带着小风呢。何桑进门时旁若无人，好像踩的是她家的地盘。她给兔子球球带来了她刚煮的奶糊，还热乎乎的，可是今天球球对她做的

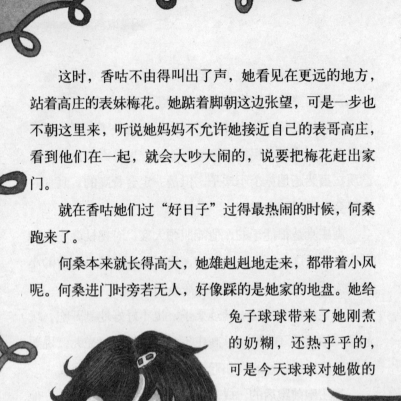

奶糊不感兴趣，闻一闻味道就跑开了。

"不行，你一定要吃的。"何桑口气很凶地说，"不然，我不是白煮了吗?"

香拉说："它吃饱了。它更喜欢吃栗子，因为是用糖炒出来的，很香的。"

"小兔子，吃饱了也要吃!"何桑说，"不然，我就叫大灰狼过来吞了你。"

可球球还是没有胃口。何桑不甘心，重手重脚地按着球球的脑袋，掰开它的嘴，居然往它的嘴里灌奶糊。

球球噎得不行，两只红眼睛往上翻着。

香咕看见何桑乱来，生气了，大叫起来："高庄，快来救兔子!"

高庄上前奋力把何桑推开，说："你怎么能强迫我的兔子呢?"

何桑没留神高庄那么有劲儿，没

你怎么能强迫我的兔子呢?

站稳当，把奶糊洒了。她恼怒得不行，骂骂咧咧的。后来高庄让香咕帮忙照料噎住的球球，何桑气死了，冲上来在高庄的胳膊上狠狠地拧了起来。

香咕和香拉不由得尖叫起来，何桑拧起人来可是不得了，最可怕呀，她抓住高庄的胳膊一圈一圈地拧。

可是高庄很怪的，他不哭，还笑了呢，说："何桑，你出了一口恶气了吧。希望你能对兔子高抬贵手呀。"

香咕觉得他特别奇怪，怎么会那么平静呢？好像何桑是在拧他的衣袖似的。何桑听了那话也一愣一愣的，觉得他很奇怪，是一个可怕的坏男孩。

何桑开始使劲儿地踢高庄，非要踢得他屈服不可。可是高庄长得太结实了，何桑踢他，他还是站着不动，像一块大岩石，嘴里还说："你野蛮！真野蛮。"

何桑气得不行，冲上来要抢走兔子。她恶狠狠的，手脚很重，兔子球球受够了何桑，在何桑的手指头上咬了一口。

"气死了，疼死了呀！我对你这么好，这么好，你却不领情啊。"何桑说着，伤心得要落泪似的，"这个忘恩负义的臭兔子，我要灭了你。"

她说着话，抓来了一块大石头，嘴里高叫着："砸出脑浆来！"

她把大石头举过了头顶，真的要往下砸。高庄见她失去理智了，连忙上前扭何桑的胳膊。

何桑没站稳，一下子歪倒在一边，举着的大石头落下来，正巧砸在自己的脚面上。

"哎呀，哎呀！"何桑大叫起来，"我的脚指头被砸掉了。"

何桑被送到医院，果然，她的脚趾骨折了。这下何桑的父亲何老板跑到高庄的舅舅家里去评理，去告状了。他说话很大声，引来了很多人围观。

高庄的舅妈走出来，高声说："高庄做野孩子了，他学坏了。"

高庄的舅妈还说拐杖婆婆是多管闲事的人，凭什么收留别人家的孩子？如果高庄变得更坏，就要拐杖婆婆负责。

"看她怎么收场。"高庄的舅妈说。

"那么，你把他领回去呀。"何老板抢白说，"没见过把自己家的小孩往外推的舅舅、舅妈。"

"我可没有推他呀。"高庄的舅妈说，"是他自己赌气走的，从来没见过这么犟的臭小子，他还敢和长辈憋气呀。"

何老板说："哼！"

高庄的舅妈很受不了的，跑过来，站在拐杖婆婆家的门口向高庄发威，骂他是害人精，害得她受到何老板的指

责，没面子，还落了一个到处挨骂的名声。现在他想回舅舅家也不行了，她只好赶走他了。

高庄什么也没说，低着头，默默地倾听着，像一个倒霉蛋。

车大鹏和香咕他们都替高庄打抱不平，拐杖婆婆也想把这件事情说说清楚。

可是高庄的舅妈不给她机会，越骂越凶，骂得拐杖婆婆都无法插话。香咕连忙对车大鹏耳语了几句。

车大鹏点点头，马上找来了赛仙婆婆。赛仙婆婆会跟任何人打交道，而且说话时有很多讲究，她来了就劝高庄的舅妈说："你还是请回吧，洗脏衣服总是在家里洗的，骂小孩更是如此，要悄悄地在家里骂，给小孩留面子呀。"

"我就不，我喜欢大声说话，坦坦荡荡的才好。"高庄的舅妈说。

"这样不好，我们当长辈的，要学会为孩子想，那样才能赢得孩子的尊重，也能给大家留一个有修养的印象。"

"谁要他尊重，这个臭小子，傲着呢！"高庄的舅妈瞪着眼睛说，"他以为自己有了靠山是不是，那靠山……"

高庄怕舅妈对赛仙婆婆说出难听的话，因为她常常会说粗话的，他把拐杖婆婆朝后推推，上前说："舅妈，不要骂了呀！"

"你马上回乡下，回到你自己家去。"高庄的舅妈说，

"不然我就要一直骂下去。"

高庄忽然梗着脖子说："我就不回去，偏不回去。你骂不走我！"

第二天白天，又发生了很蹊跷的事情。

在拐杖婆婆的院子里，有很多的花花草草，有的长在地里，有的栽种在花盆里。这天，地里的花草和花盆内的花草全被拔光了。

拐杖婆婆心疼极了，说："到底是谁在欺负我呀，这些小花小草惹了谁呀。"

林铁蛋的奶奶说，中午的时候她曾看见何桑一瘸一瘸地路过这一带，她给了何桑一包吃的，何桑伸过来的手很脏，指甲里都是黑的。

高庄带人去找何桑，她却说是兔子球球啃掉的。

"那只兔子是个小祸害。"何桑说，"你们应该打它三十大板，打屁股，要么吊死！"

何桑还说她亲眼看到球球啃花草的。

高庄不允许有人这样往兔子身上栽赃，就和何桑大吵起来。他想起那些花草死掉后拐杖婆婆伤心的模样，越想

越生气。

何桑见情况不妙，赶紧大声招呼高庄的舅妈，说高庄想把她另一只脚趾也砸掉。

高庄的舅妈赶来了，她看见高庄气呼呼地要找何桑算账，就跨前一步，扯住高庄的脖领子，把他推倒在地上，说："你还想让我和你的亲舅舅丢脸吗？你这个臭小子，赶快回老家去！"

这时，高庄的舅舅跑上前来，他把妻子劝开后，恼怒地对高庄说："你没完了？惹事惹出味道来了？我给你买票，你走。"

高庄哭了，伤心的泪水像雨一样冲刷着面颊，他的悲伤感染了梅花。梅花不敢上前来，怕被她妈妈骂，就远远地站在另一头抹眼泪。

后来车大鹏气不过，帮高庄辩解了几句，结果也被高庄的舅妈骂了。他说了句："不讲理！"开始号啕大哭，哭得比高庄更凶，都上气不接下气了。

过了几天，高庄的母亲乘火车赶过来了，她是一个矮个子的女子。听说是高庄的舅妈拍了电报，说高庄变坏了，却死赖着不肯走，所以就让高庄的妈妈押送高庄回老家去。

可是拐杖婆婆舍不得，她从第一次见面后就喜欢上高庄了。她把高庄的母亲接到家里，称赞高庄的为人。她认识了高庄的母亲后，觉得高庄的妈妈又善良又勤快，想要认她做干女儿，这样他们三口人很快就成立了一个临时家庭。

拐杖婆婆找到一个老乡，帮着高庄的妈妈在环卫所找了一份工作。

高庄的舅舅觉得很没面子的，就不过来探望高庄和他的妈妈了。据说他因为高庄母子的事情天天受到妻子的埋怨。

后来又听小张舅妈说，高庄的舅妈在偷偷找人换房子了，嫌高庄的妈妈穿着环卫所的制服丢她的脸。高庄的舅妈是小张舅妈的好朋友，她还通过小张舅妈放风说，到时不会把新地址告诉高庄母子的。

而高庄听到这消息后却整个变了，经常在他舅舅家附近偷偷观察舅舅家的情况，生怕他们会突然搬走了，来不及道别呢。

有时，高庄会在舅舅快下班的时候，等候在他必经的地方，和舅舅说几句话。

高庄的妈妈用预支的工资给何桑家赔了医疗费。

但是，何桑还不罢休。

正是落叶的时候，她经常在清晨就起床，给高庄的妈妈捣乱，在高庄妈妈要清扫的街道上乱走，说高庄的妈妈扫地时扫到她的脚面了。

高庄听说后很担心何桑再使坏，他每天一早起来，陪

着他妈妈一起扫大街。

高庄的妈妈虽然个子矮小，可是长得干干净净，干活很麻利。她觉得高庄陪着她扫大街也挺好的，她对拐杖婆婆说："孩子吃点苦，也没什么不好。"

有一次，高庄的妈妈还告诉香咕，说高庄和拐杖婆婆一样，在她们四姐妹中最喜欢香咕和香拉，他还很羡慕香咕家的生活呢。有一次，高庄让她带他去海边看一看，说他从来没有看见过大海，而香咕和香拉去海边参加过浪漫婚礼的，所以他更想去看大海，他不想比她们知道得少啊。

后来，高庄看见他的舅妈就主动招呼她，有时帮她家买东西、倒垃圾。每当他的舅妈说闲话时，他就说："您别生气呀。"

赛仙婆婆猛夸高庄，说他真懂事，知道自己的舅舅在舅妈那里日子不好过，所以才和舅妈恢复了良好关系。

后来，高庄的舅妈好像也不管高庄母子的事情了，以前她老爱说高庄和他妈妈住在拐杖婆婆家是不合法的，总有一天要告他们。偶然，高庄的舅妈还答应让梅花去拐杖婆婆家聚餐呢，但是她自己从来不参加的，也许是不太好意思吧。

香咕不大明白高庄的想法，因为他不爱说话，所以她想接近他，了解他对伤过他心的舅妈的真实想法。可是就算不太懂，她还是很佩服这个男孩的。

三小铁甲的故事

有一天，胡马丽花的爸爸，也就是香咕的胡骄姨父又出差去了。

胡骄姨父想出差就去吧，香咕她们从不把这当一回事的，因为他在家或者不在家，她们并不觉得有很大的不同。

胡骄姨父对亲戚们说的话是很少的，只说："今天的天气还不错。"要么说："你吃了吗？"可是他有很多客户，他见了他们就会很热情，说话一套又一套，像江水一样滔滔不绝，看上去很谈得来呢，有时候他还会跟他们说笑话，一边说，一边笑得气都喘不上来呢。

他出差的次数特别多，到处走，好像在全世界都有他认识的人，那些人很需要他，要他管的事情很多，非他不可呢。

胡骄姨父最近一次出差还比较有趣，因为他拎回来一盒一盒的土产，有红蘑菇干、白人参什么的，还有一些酒、两条烟，反正有很多大的包和小的袋子，堆放在外婆家的客厅里，像一座小山。

胡骄姨父点着这些礼物说："这些都是胡骄孝敬二老的。"

外婆笑眯眯地说："那么多呀！这样慷慨的女婿要是多几个，我们就被宠坏了啊。"

原来，这一天正好是胡骄姨父和马莎姨妈结婚十周年的纪念日。胡骄姨父在每年的这一天都会记得向外婆外公表示一下感谢。

他对外婆外公很好的。听说胡骄姨父当时对马莎姨妈一见钟情，马莎姨妈当时是有男朋友的，那个男朋友又英俊又温和，各方面都比胡骄姨父好呢。马莎姨妈拿不定主意选哪一个做丈夫，后来请外婆帮她拿主意，外婆相中的是胡骄姨父，就老在马莎姨妈面前夸胡骄姨父有本事，又体贴，所以马莎姨妈就选中了胡骄姨父。

胡骄姨父很中意马莎姨妈，觉得能娶到这样漂亮的妻子是非常幸福的事情。他的父母都已经去世了，所以他就把外公外婆当成自己的父母看待，对他们相当孝顺。

香咕发现在那一大堆的礼物中，有一个纸盒子被放在一堆烟上面，不停地动弹，动着动着，忽然砰的一下从高处落下来。

她非常好奇，上前打开盒子一看，原来里面是一只乌龟，有乌溜溜的眼睛。

"快来看呀，来看乌龟，它的眼睛很神气呢！"香咕说。

胡骄姨父听见了，踱着步子过来了，说："我差点忘了，快把盒子拿到厨房里去吧，这是一只山龟，我听当地人说山龟煲汤喝能滋补身体的，所以特意买给二老煮汤喝。"

那只山龟好像听懂了他的意思，着急地把两只前爪搭在盆子的边缘，眼皮一张一闭，很不甘心的样子。

"它多可爱呀，不要杀它呀。"香咕说。

是呀，那只山龟有六角形的甲，壳的中间鼓起来，像是一个铁皮做的小山丘，它的头颈上有黄色的花纹，很精细，像是有人小心地描画出来的。

香露她们围上来观看，也觉得这只山龟超级可爱，大家七嘴八舌地商量给它起个名字，有的说叫"小爬爬"，有的说叫"小不懂"，最后大家一致同意香咕起的名字，就叫它"小铁甲"。

这只山龟有了自己的名字，仿佛就是她们的朋友了，她们不允许胡骄姨父把它煲汤喝。

外婆看了看小铁甲，也说："我也舍不得对它动刀呢，干脆把山龟养壮，然后放生吧，有的龟是修炼了很多年的呀，它会保佑我们全家出行吉祥、平安。"

得知小铁甲被救下了，香咕很高兴，赶紧找来了一个大盆子，放上水，让盆子变成一个满满的小水库，又在水库旁放上几块大石头和小石子，搭成了一座假山。

"有山有水了。"香露说，"好自在呀，你这小铁甲，你像马莎姨妈一样住上新别墅了。"

可是，山龟到了它的新别墅之后，并没有吉祥如意，它什么东西也不吃。给它肉包子，它闻也不闻，给它小肉条，它闻一闻，还是不吃。香咕按外婆的提示，给它猪肝，它用爪子把猪肝拨开去了。

后来香咕只好让胡马丽花往大姑家打电话，因为她家有一个又会烧开水，又知道小动物心思的胡子赵医生。据说他还能懂得动物的叫声和表情，听一听，看一看，就知道它们是痒痒了不高兴，还是对自己的外貌不满意，要么是心里有特别思念的东西。

"剥点生的小虾试一试。它喜欢带荤腥的口味，应该挡不住小虾的诱惑。"胡子赵医生热情地说。

香咕问外婆要了一只虾，剥了外壳，把它推过去，只见倏地一下，山龟把虾整个抢夺过去，一口吞下了。

"噢，它吃东西了，它不会饿死了。"香咕她们欢呼起来。

那只小铁甲比小秧秧更像猫咪呢，它不吃别的，只吃海鲜，什么海蜇、鱼松，甚至鱼肠它都喜欢。

它还有一个癖好，那就是泡在淘米水里，把脑袋扎在水里不动，一边泡澡，一边咕噜咕噜喝洗澡水。

香拉别出心裁，她想教小铁甲学会敲门。她站在门边示范了好多遍，背过身体，用自己的肩膀撞门，想让它学会用硬壳咚地敲击在门上。

后来她又想教它抓苍蝇，小铁甲伸出前爪照着样子做了几下，但是做得不好，像在练划水的功夫。

香拉很生气，骂它是"驼背"，然后把它翻过来，肚皮朝上。

那只叫小秧秧的小猫从一开始就不喜欢小铁甲，也许它把小铁甲当成"一只腥味冲鼻子的运动鞋"了，所以它跳上了小铁甲的肚皮，就在小铁甲的肚子上又挠又叫，耍活宝似的。

小铁甲一直是忍气吞声的，沉默着，像化石似的不动。等到小秧秧闹够了，不耐烦地跳下地了，小铁甲才伸展四肢，用力伸出脑袋一挺，把身子给翻了过来。

香拉看见小铁甲很无所谓的样子，就很不甘心，她又把小铁甲翻过来，把小秧秧放在小铁甲的肚皮上，示意它乱蹦乱跳。小秧秧变得很疯狂，在小铁甲的肚皮上不停地打转，转得又像一团白毛线了。

小铁甲大概是生着闷气呢，它突然一个打挺翻过身子来，把小秧秧摔出去老远。

男孩收容所

骄横的小秧秧吃了大亏后，亮出它尖尖的小毛爪子，上前来抓挠小铁甲，结果小铁甲气得发狂了，一口把小秧秧的小毛爪子给咬住了。

"真有种！真有种！"胡马丽花高兴了，"让这个小坏猫有个坏下场。"

香拉说："什么呀，小铁甲也是坏东西，它咬了一只猫。"

香咕仍然喜欢机灵的小铁甲，因为小铁甲没有办法去和小秧秧说理呀。动物生起闷气来，或是讨厌谁了，张口就咬也不算过错吧。

香咕常常陪伴着小铁甲，给它听好听的曲子，带它去做户外活动。它走路实在太慢了，她却不嫌弃它，耐心地等待着。当它想要磨甲的时候，她就由着它，静静地守候在一边。

可是有一天，香拉偷偷地把小铁甲带到学校去了，说是要去吓唬林铁蛋和小毛满。最近他们又叫她"缺德鬼的老婆"，她不想对他们很客气，要让小铁甲咬他们。

到了午餐时间，香拉哭着喊着跑来找香咕，原来小铁甲不见了。

香咕不相信小铁甲会逃走，她帮着香拉赶去香拉的教室里找，可是找来找去都没有。

林铁蛋站在一边偷着笑，香拉恼火了，上前翻开他的书包找，结果也没找到小铁甲。

香拉很不高兴，拿过林铁蛋的蜡笔来画小铁甲，她用蜡笔画图的时候，故意画得很重很重，把有的蜡笔都弄断了，还有的弄弯了。如果她是用自己的蜡笔，她画起来就会轻手轻脚的。

她画完小铁甲后，还在画下面写上：抓住偷它的人一定要关起来！

傍晚，家里人都在为失去小铁甲而不安，担心它被别人逮去后，煲了汤喝。忽然，她们听到路易驹在楼下拼命地叫，那只老狗头用这样的叫法就证明，一定是有蹊跷的事情发生，它激动万分了。

香咕她们连忙跑下楼，只见一帮男孩围在林铁蛋奶奶开的小店门口，正兴致勃勃地讨论着什么。

"把它做成龟鳖丸吧。"林铁蛋兴奋地说，"一只乌龟壳能做好多好多呢。"

"这只乌龟敢乱咬人。"小毛满说，"刚才它像疯狗一样咬住了我的袖子。"

"如果不让它晒太阳的话，它就不会那么凶狠了，壳会变软的。"高庄说。

"我从来没见过背着软壳的乌龟。"车大鹏哇哇叫，"乌龟的壳总是像铁做的。"

"我们要不要来试验一下，把它关在地牢里，如果它

真成了软壳的乌龟，我们就可以在我奶奶的小店里办展览。"林铁蛋说。

香咕看见山龟小铁甲趴在小店的柜台上，头尾和四肢都收着，只剩一个甲壳，它一动不动，好像睡着了似的。

香拉冲过去哇哇叫："谁把它偷去的？快还给我们。"

"不还，不还。"林铁蛋把小铁甲拿在手上，叫着，"这是我在男厕所里捡到的，不是从你那里偷的，懂不懂？"

"嘻嘻，这位山龟老弟也是男的吧，它要上男厕所拉屎撒尿呢。"车大鹏傻乎乎地大笑起来。

香拉要夺回小铁甲，林铁蛋不让，抢先一步把小铁甲扔给高庄。

高庄又把小铁甲扔给车大鹏，车大鹏接过又扔给了小毛满。

香拉狠狠地瞪着小毛满，气呼呼地说："快还我！不许扔了！"

小毛满惊慌失措，他是最害怕香拉的，所以他嗷地叫了一声，把小铁甲掷还给车大鹏，说："我不要了总可以吧。"

车大鹏伸出双手把小铁甲接住，说了一声："那是林铁蛋的山龟……哎哟！"

小铁甲被当成小铁饼扔来扔去，一定也恼火极了，它伸出脖子，出其不意地啊呜一口，咬住了车大鹏的手指头，怎么也不肯松口了。车大鹏疼得脸像草稿纸一样白了，他赶忙腾出另外一只手使劲儿敲打它的脊背，但是它不在乎，死死咬住，好像认准这件事情了。

后来还是林铁蛋的奶奶赶过来救急，她见多识广，端来了一盆清水，把咬着车大鹏手指的小铁甲泡在水里，这下小铁甲划着水，心情好起来，松开了嘴儿。

"真可恶，它想吃掉我的手指头。"车大鹏愤愤地说，"让我做断指人！"

男孩们都说小铁甲应该受到惩罚，香拉急了，连忙把它带走了。

小铁甲被带回家后，好像已经大伤元气了，它躲在拉岛间的床底下不吃也不喝，谁也不想见，也许为自己得罪了一大批人而后悔吧。又过了几天，它还是没有缓过气来。有一天，香咕发现床底下无声无息的，没有任何动静了，就探身去找它，这才发现它早已经不在床底下了，好像潜伏在某个地方，又好像是失踪了。

香咕问外婆要了一点虾，剥出来，放在拉岛间的每个角落里，以免它挨饿。又过了几天，到了星期六，小铁甲终于忘记那些得罪人的不愉快的记忆，踱着步子出来了。它看上去精神焕发，并且开始大吃大喝。在尽情享用了海鲜类的食物后，它又跑到阳台上晒太阳，很懂得享受生活呢。

香咕她们正忙着埋头做功课，就让这只小山龟独占着阳台享受日光。

突然，胡马丽花推推香咕，低声说："看，有情况呢！"

只见从上空吊下来一段棉绳，扎着一条小黄鱼。再细看，那小黄鱼是用钩子吊着的，一会儿上，一会儿下。

香咕去阳台侦察，发现那根棉绳很长很长的，原来小黄鱼是从楼上车大鹏家的阳台上吊下来的。

"他们想钓走小铁甲！"香拉叫，"叫警察来！"

"他们对小铁甲不死心！"香咕说，"谁也防不住的。"

香露偷偷地笑，说她想出了一个歪点子。她拉住棉绳，把小黄鱼从钩子上取下，用一块黑糊糊的抹布包住一只外公的旧棉鞋，把它绑在钩子上，还夹上一张条子，写着："小铁甲没有，小棉鞋一只。"

棉绳动了一动，估计是楼上有人小心地拉扯了，很快，楼上的人以为小铁甲上钩了，开始收线了，伴随着轻轻的叫好声。

香咕她们竖起耳朵听，还能听见楼上有兴奋极了的鼓掌声。

"笑吧，笑够了吧。"香露说。

车大鹏他们把"山龟"钓上去后，沉寂了一会儿，啪的一下，那只旧棉鞋被扔下来了，里面也夹了一张条子，写着："抗议！要小铁甲，不要好臭的老棉鞋。"

男孩收容所

记得那天，香咕刚刚走进教室，车大鹏就拦住她，拆开绷带给她看被小铁甲咬伤的手。

他说："你们家的小铁甲犯了伤害罪，要不是我的骨头硬，手指头早被它咬断了。"

香咕说："小铁甲是有点过分，可是，它也是被逼出来的呀。"

"你怎么不帮着我说话，要帮一只山龟的忙呢？"车大鹏不满地质问。

香咕笑一笑，不打算和他争执下去，她知道车大鹏喜欢抬杠，有时说话口气还特别凶，其实他不是真的想和别人吵架，而是不想示弱。

车家共有四个堂兄弟，最小的堂兄弟车大英可以不算，他还是一个小毛头呢，穿着开裆裤，留着小光头，看人时大眼睛虎视眈眈的。大家都认为车大英长成大男孩后一定比车大伟还要帅气，可是现在他太小了，就算是长得帅，也是傻乎乎的帅呀。

车家的另外三个堂兄弟，最大的车大伟被叫做"勇士"，他是学校篮球队的队长。那个长得又白又清秀的车大鸿被叫做"绅士"。

而长得黑糊糊的车大鹏什么好名声也没捞到，他比两个堂哥多了一个爱往外冒汗的脑袋，他的脑袋被叫做"蒸笼头"，他还常常被女孩追的。

香咕看见过何桑带着刁莉莉或别的女孩拼命追他，车大鹏跑得像在比赛，一头扎向前方，他逃进男厕所后把门紧紧闩起来，担心她们恨极了会砸门找他算账。

车大鹏和新同桌刁莉莉处得很不好，经常又打又骂。

何桑认为自己是刁莉莉的保护人，要来插手，车大鹏骂刁莉莉是"刁民"，何桑就会过来警告车大鹏，大叫："酷刑计划！"

何桑指使一些女生一拥而上，按住车大鹏又打又压，让他变成一只木马。何桑还用她的刀片割过车大鹏的书包和鞋底。

车大鹏呢，对何桑恨得要命，他把收集到的狗毛攒起来，往何桑脑袋上撒，说她是"狗东西何桑"。

这天，刁莉莉有了自己的"白马"——她的奶奶刁婆婆送了一辆白色自行车给她，车架上是有条纹的，颜色和花式像斑马的脊背一样，非常抢眼。刁莉莉喜欢得要命，说自己是骑着白马的女孩，说车大鹏永远是"大棚车"。

女孩们都喜欢叫车大鹏是"大棚车"了。

车大鹏这样的男孩，是不在乎自己多一个绰号的，但是因为这个绰号比较形象，跟他的英文名字很相像，再说，是刁莉莉这冤家对头给他取的，所以他的心里特别不乐意。他叫刁莉莉把绰号收回去，她说："偏不！怕你呀？"

男孩收容所

车大鹏拿她没办法，于是他们的同桌关系更加紧张。刁莉莉在大杨老师那里告车大鹏的状，说他上课吃泡泡糖，车大鹏气得抓了一只蜘蛛掷在刁莉莉的头上。

刁莉莉吃亏后把车大鹏的书包拽出来，扔在了地上。

车大鹏更加生气了，看见刁莉莉的自行车停在操场边，就拿它来出气，骂它是刁民大大的。有一次他在车轮子上狠狠踢了一脚，有一次拔掉了气门芯，另外还做过什么别的手脚，他都瞒起来了。

不戴眼镜的好脾气班主任大杨老师，让香咕帮忙调解。哎呀，这可太难了。香咕跟刁莉莉说车大鹏很仗义，跟车大鹏说刁莉莉很善良的。

车大鹏说："小黄豆，不允许你在我面前说刁民的好话。"

刁莉莉也说："他很讨厌的，口袋里有狗毛呢。"

香咕只能等待机会了，因为现在说什么都像是火上浇油呢。

有一天香咕去上学，看到刁莉莉趴在课桌上哭泣，哭得都停不住了呢。

原来，她心爱的自行车"白马"被人偷走了。

车大鹏听见了刁莉莉的哭声，也不说安慰的话，只顾着跟好友林杰说话："我正在想把雨水变成汽水，已经想了一个星期了。"

"真的能变吗?"他的搭档林杰问。

"要是我像阔佬崔先生那么有钱,就一定能行,因为能请很多科学家来做这种实验了。"

"崔先生有多少钱呢?"

"这不能说出去的。"车大鹏说,"我知道就行了,不然小偷上门会很麻烦的。"

"你也怕小偷吗?"

"谁怕这个呀?"车大鹏说他从小就喜欢在半夜里起床,扮了怪相后照镜子吓唬自己,用这办法锻炼胆量,所以现在他的胆量大着呢,说完他哈哈大笑。

"我丢了'白马',他还高兴呢。"刁莉莉伤心地说。

香咕让车大鹏劝刁莉莉,车大鹏想了老半天,才说:"好吧,我是给你面子啊!"

车大鹏跑去对刁莉莉说:"不要哭了,你的车也没什么好,车座底下有很多烂菜叶子。"

"胡说,没有的。"刁莉莉叫起来,"不许你说'白马'的坏话。"

"就是有很多烂菜叶。"车大鹏大笑着说,"是我塞进去的。"

刁莉莉气得用拳头打车大鹏的背,打着打着就笑起来了,真的不哭了。

"真棒呀。"小香咕说。

车大鹏嘿嘿地笑着，说："我牺牲了，背上肯定都是青一块紫一块的。"

刁莉莉丢了自行车后也不敢告诉大人，因为那是她奶奶刁婆婆给的钱，由她的妈妈帮着挑选的，所以她怕受到奶奶和妈妈的责怪。

她每天假装是骑着"白马"上学和回家的，她走在路上，只要看到别的女孩骑着和"白马"差不多的自行车，就会伤心流泪。

周六的上午，香咕带着小铁甲去小路沙沙晒太阳。小铁甲到了那里就缩起四肢和脑袋在暖烘烘的阳光底下打瞌睡，一动也不动。

香咕抱着小饭闻闻花香，找一些掉下来的花瓣，她想积攒干花瓣做成一只花枕头，送给患病的爸爸当礼物。

这时车大鹏跑来了，他耳朵好，眼睛尖，腿儿也快，所以他早探明了小铁甲在晒太阳。

他说："能不能把这小山龟借给我一会儿？"

香咕为难地说："它不愿意被借来借去的，它正在花丛中熟睡呢。"

"没事的，"车大鹏说，"我可以等它醒来再借。"

他真的坐在一边干等着，可是小铁甲睡起觉来可是很厉害的，它不"好吃"，却一直很"懒做"。

车大鹏性子急，等了一小会儿就很不耐烦了，说：

"好像已经等了三天三夜了。"

"它可能还要睡上一阵呢。"香咕说。

车大鹏唉声叹气的，接着就忍不住用土坷垃去打小铁甲的背，又用指头伸进去撩小铁甲的小爪子，说："你要睡一百年？现在天亮了，醒一醒吧。"

小铁甲缩着脖子，伸出一只爪子挠了两下，又收回去了。

"别打扰它。"香咕说。

过了一会儿，车大鹏又玩出了新花样，他把食指伸进去抠小铁甲的尾巴。小铁甲连忙把尾巴缩起来了，这下它把小脑袋伸出来，瞪着乌溜溜的眼睛，很恼怒哩。

"它不高兴了。"香咕说。

"好啊，我不碰它了。"车大鹏嘴上这么说，心里还是不死心，说，"我想带它在附近走一圈，办一件事，就算是把我借给它吧，反正我要和它一起去一趟。"

"你为什么有这个想法呢？"香咕问，"你想去哪里呢？"

车大鹏也不说话，出其不意地抓过小铁甲，拔腿就跑。

"你停下，停下。"香咕说，"你这是抢呀。"

"我去兜一圈。"车大鹏回过头来，说，"一会儿就送它回来，保证还给你。"

香咕还是放心不下小铁甲，所以追着不放，车大鹏跑得好快呀，跑过两条马路后，商店很多，转过一些商店门口之后，就找不到车大鹏了。

香咕努力地找，终于看见车大鹏从一家中药店里大摇大摆地走出来，他一只手拿着小铁甲，另一只手拨弄着自己的脑袋。他看见香咕后，摇摇头，拒绝把小铁甲还给她，反而逃得更快了。

事后小香咕才打听到，车大鹏带小铁甲去的那家中药店里，陈列着非常巨大的龟鳖标本，车大鹏想让小铁甲去

见见"老祖宗亲戚"的"下场",作为警告,可是小铁甲却闭着眼睛打瞌睡,拒绝观看。

车大鹏又拼命逃,好像是在往农贸市场的方向跑。小香咕抄近路,迎面把他截住了。

他发现她要发怒了,连忙向她作了一个揖,说:"我想把小铁甲和那边在卖的乌龟比一比……买一只超过小铁甲的乌龟,取名叫'坦克'。"

车大鹏一边说话,一边闪进了农贸集市。那个市场好大呀,看不到尽头,像另外有一个大世界呢。香咕只好跟过去,很快,他们找到了一个卖乌龟的摊儿,大水盆里养着一二十只乌龟,周围有人抽烟,烟雾腾腾的。

"把小铁甲给我。"香咕说,"我要把它带走,它不喜欢闻烟味。"

"如果它是公的,没准儿会喜欢烟丝的臭味。"车大鹏说,"我看它就是……"

车大鹏突然不说话了,眼睛直愣愣的。卖乌龟的摊儿边上围着几个三十多岁的农民打扮的人在招揽装修的生意,都抽烟,推着几辆自行车。

一个三十多岁的男子问车大鹏:"小孩,你看我们干什么?"

车大鹏说:"没,没什么,我妈妈让我问装修的事情呢,我去叫她来。"

他说着话就拉着香咕走了，刚走过一条马路，他对香咕说："你马上去叫人，我认出来了，有个人骑的自行车是刁莉莉的。"

"啊，这些人是小偷吗？"香咕说，"你会不会看错了，差不多的自行车是很多的。"

"我看了呀，有一辆自行车和刁莉莉的车很像，坐垫下还露出一根烂的香菜……是我干的……赶快去报警吧，我在这里看住他们。"车大鹏说，"不让他们逃走。"

"就你一个人吗？"香咕问。

"让小铁甲留在这里给我壮壮胆吧。"

"好吧。"

香咕赶紧往回跑，走到一半她路过熟食店，正好碰到了站在店门口抽烟的何桑的爸爸何老板。何老板一听，马上打110报了案，说："把小偷抓起来就是了，我可不想让他们知道是我报的案，免得他们以后会来砸我的店。"

他报了案后就让香咕赶快回家，就像什么事情都没有发生。

香咕犹豫了一会儿，担心着车大鹏和小铁甲，就壮着胆子往回走，尽管那地方有小偷。

真厉害呀，有几个警察叔叔已经站在卖乌龟的摊儿那里了，他们的身边停着几辆很新的自行车，而那几个三十多岁的人却都不见了。

"小偷全抓起来了。"车大鹏对香咕说，"他们想逃，可是怎么逃得了呢，我让小铁甲咬住他们的衣服。"

"那管用吗？"香咕迟疑地问。

"当然，我就是那么赢的呢。"车大鹏说。

车大鹏新买了一只小乌龟，说它比小铁甲强多了，是"英勇的小坦克"，可是他却想用"小坦克"来换小铁甲。香咕当然不肯，因为小铁甲好像已经成了他们家的一员了。

不久，警察把自行车归还了刁莉莉。刁莉莉得到了"白马"后高兴得发狂了，说自己以前误会了车大鹏，现在他帮了她的大忙，他们就可以做好同桌。她还说车大鹏并不讨厌，像这样会动脑筋的男孩其实不可能长得很丑的。

刁莉莉的妈妈听说了这件事后，给香咕和车大鹏各买了一个铅笔盒。后来她又请香咕和车大鹏吃西餐。那次车大鹏的妈妈也去了，还拉着车大鸿的妈妈。刁莉莉的妈妈原来就是车大鸿妈妈的"小姐妹"，现在她发现车大鹏的妈妈很健谈，她们之间很谈得来，两家的大人好得像亲戚一样，刁莉莉和车大鹏就不好意思天天吵架了。

大杨老师让香咕和车大鹏还有刁莉莉合演一台戏，角色都分配好了，由他们三个自己演自己，再由车大鹏的搭档林杰来演小铁甲，死死咬住小偷的衣服。

他们排演了一遍后，车大鹏又不肯演了，说自己演自己很怪的，他只想演警察，那样才神气。

大家非要他演，他还生气了呢。后来只好由着他来演警察，让另外一个男生来演"车大鹏"。节目演完后，大家都热烈鼓掌。

车大鹏感动得哭了起来，他说："这次不算，要是再让我碰上一次小偷就好了。"

后来香咕听邻居们在传，说偷自行车的小偷没有抓到，他们看到有警察过来就溜走了，只是舍弃了那些赃物。

也不知道小铁甲出过什么大力，车大鹏说得对不对，但是谁也不想追究下去，因为车大鹏已经非常胆大心细，非常勇敢了。

不管怎样，刁莉莉对车大鹏友好多了。到了车大鹏生日的那天，刁莉莉问车大鹏想要什么生日礼物，有什么心愿。

车大鹏说："心愿嘛……我想变成崔先生，你也没有魔法帮我变呀！这样吧，以后你看我的时候要用好的眼神，不要太凶，这就行了。"

"好吧。我想再给你一个好礼物，一个最好听的绰号。"

"什么？"车大鹏摇摇头说，"你不会是想叫我破大棚

车吧？我不想要了。"

"白马小王子。"刁莉莉说，"这个绰号你想要吧？"

"真的？"车大鹏惊喜地说，"我和我家的车大鸿都成
王子啦？"

刁莉莉说："谁说的？只送给你一天。每年你生日的
那天，才能用这个绰号，平时你是不能用的。"

五小饭被绑架了

刁莉莉拿回了心爱的"白马"后，扯掉了车大鹏塞在坐垫下面的那些烂菜叶。她天天骑着"白马"上学。这件心事解决后，她应该高高兴兴过日子了吧？可是没过多久，她又开始呜呜地哭个不停。

这次她不是因为被车大鹏骂"刁民"而哭泣，因为他不打算和她做敌人了。虽然他们两个仍然很不对脾气，争执不停，可是彼此不再说最难听的话，而是改为相互虎着脸，瞪着眼睛，谁也不理睬谁。

刁莉莉哭起来很厉害，别看她平时像趾高气扬的大鹅，喜欢管长得矮小的同学叫"小黄豆"，伤心的时候就又变回一个很软弱的人。

香咕问她发生什么事了，她说自己很害怕，觉得不公平。

"是小偷又看中你的'白马'了？"香咕问。

刁莉莉摇摇头，说："你好幼稚呀。"

"那么，是老师批错你的考卷？"

刁莉莉又摇摇头，看着香咕，悄悄地告诉她，自己生了一种奇怪的病，好像不久就要死了，但是一下子却说不清楚为什么会有这种感觉。

"要死了？"

"对呀，有一种莫名其妙的感觉。"刁莉莉说，"你猜猜看到我死的时候，车大鹏是哭还是笑呢。"

香咕坚持说："我不相信你会死，因为你好好的。"

刁莉莉听了还不高兴了，说："你不肯相信，说话一本正经的，真没意思呀。"

第二天，刁莉莉没有来学校，也没有请假。放学后大杨老师就让香咕去看看刁莉莉，顺便把作业送过去。

刁莉莉家就住在毛经理他们住的那幢楼里，香咕家和刁婆婆是很要好的邻居，以前香咕常在刁婆婆家里玩，也跟着刁婆婆去过刁莉莉的家，所以很早就认得刁莉莉的家了。

听说香咕要去看刁莉莉，胡马丽花也要去，她对长得高、打扮得漂亮的刁莉莉很注意的，胡马丽花喜欢小饭，所以就抱着小饭一起去了。

谁知，何桑也来了，好像跟在她们后面似的。何桑一到了刁莉莉家就拦住香咕吓唬她，从嘴里吐出一块血糊糊的东西，然后说她能吐出这些来是因为得了怪病，自己反正就要死了，还不如把这怪病传给香咕呢。

她还把小饭夺了过去，把嘴巴和鼻子埋在它的头发里，然后使劲儿往上面哈气，说："病毒传呀，传呀，大家一起去死呀！"

刁莉莉家里没有大人，她的爸爸妈妈还没下班，所以何桑很疯的，她命令胡马丽花把小饭从窗口扔下去，说它是"破布头"。

"不行，不行。"胡马丽花说。

"不扔也行，让它去做苦工。"何桑说，"我想，用它擦地板一定会擦得很亮。"

胡马丽花急了，把小饭紧紧搂住，说："请你别动坏脑筋呀。"

这时刁莉莉说出了她的担心，说自己胸脯上长了两块疙瘩，像瘤子，很痛的，好像活不长了。她说："今天比昨天更痛了。"

何桑就笑，说："真倒霉呀，不过我能找到灵丹妙药的，只要吃了药，保证你不会死，以后穿吊带衫还特别好看。"

"我可不喜欢穿吊带衫呀。"刁莉莉说，"你的药呢？"

何桑说："喂，你们快把药拿过来。"

香咕说："什么药？我们什么药也没有带。"

"装糊涂！"何桑厉声对香咕说，"你想眼看着刁莉莉长出大疙瘩吗？她哭了一整天了，再哭下去是要哭昏过去的。你再不把药拿来，我要找你赔的！"

香咕说："我们还是送刁莉莉去医院吧。"

"对呀，"胡马丽花说，"医生能帮她把疙瘩消掉的。"

"医生有办法？我跟你们打赌，"何桑笑眯眯地说，"医生没办法治掉的。我和你们正式打赌，如果你们赌输了，我就要你们狠狠地赔偿！"

"这……"刁莉莉更伤心了。

何桑逼近香咕说："自私鬼，赶紧把你的药拿来，刁莉莉吃下去后，我保证她的病马上治好，还能长命百岁呢。"

"真的?"香咕摸摸自己的口袋，说："好像只有两块饼干呀。"

"谁要你的饼干，"何桑生气地说，"你以为这里有饿死鬼呀? 快把你身边最稀奇的东西拿出来，听见没有?"

胡马丽花悄悄地问："你到底要什么呢?"

何桑用手点住小饭，说它就是一味好药，只要把它煲一煲，炸一炸，再放些花椒，用酱油红烧了，刁莉莉随便吃几口就万事大吉了。

"不可能。"香咕叫道，"布娃娃不是药。"

"就是药。"何桑说，"你赌输了，它就是药了，一吃包灵。"

"不行，"香咕说，"小饭就像是我的妹妹，我不想虐待它。"

"对呀，"胡马丽花说，"小饭的头发是丝线做的，谁也咽不下去呀。"

"丝线炸熟了，就会很脆的。"何桑说，"棉花红烧后，会像通心粉一样好吃。我觉得小饭的味道会很不错，蘸了酱汁吃最妙了，使一下劲儿就可以咽下去的。反正我

会把小饭做得可口些。"

"换一样东西做药可以吗?"胡马丽花在口袋里乱翻乱找，说，"何桑，小香咕最爱小饭，所以你不要硬来呀。"

"偏要它，换了别的就不灵了。"何桑固执地说，"谁让它叫小饭，就是吃的呢。"

胡马丽花看看她，问："如果换一个很值钱的东西呢?"

"你们又不是傻子，"何桑说，"你们不肯给的东西就是最值钱的。"

胡马丽花和香咕拼命护着小饭。幸好刁莉莉也不愿意太过分了，她说："我可不想吃小饭，它像人一样会笑的，长着小脚脚。如果要我吃别的美味东西，我说不定会更高兴呢。"

何桑赔着笑脸，说："不是真的吃它，是假装嚼呀咽的呀，这总可以了吧?"

何桑说自己另外还知道一种偏方，是用麦芽糖、青苹果汁，还有嫩姜的汁搅在一起，它能治好刁莉莉的病。因为生姜是很辣的，所以刁莉莉需要一个像护士小姐一样温和的布娃娃陪伴着，那样才能保证她的心情好。

"来吧，"何桑说，"把小饭借给刁莉莉总可以了吧?"

胡马丽花看看小香咕，小香咕迟疑着。

刁莉莉说："好呀，把小饭借过来，我保证不会吃它

的。"

香咕看看小饭，它永远是那么温柔和好心，好像很愿意。她说："我会想它的，它也一样，离不开我。"

"就借一天。"刁莉莉说，"等我吃下偏方后就马上把它还给你。"

"你保证会爱护它的吧？"香咕说，"明天的这个时候你就还我，行吗？"

"当然。"刁莉莉说，"我说到做到。"

香咕又担心地看看何桑，何桑马上说："我也保证。"

香咕点点头，答应了。

没想到，第二天上午刁莉莉就精神抖擞地来上学了，看见香咕就说，刚才在小区里看到胡骄姨父把马莎姨妈送来，他叫她"莎莎"呢。

刁莉莉吃了偏方后好像一切都好了，和以前一样有心思管闲事了。

中午，刁莉莉的妈妈还来看她呢。刁莉莉对香咕说："我妈妈说这没什么，每个小女孩都会经历的。"

香咕说："经历什么呀？"

刁莉莉红着脸，说："小黄豆，你长大一点就懂了。"

香咕说："长大一点呀？我已经长大了。"

香咕盼呀盼，终于等到了放学。刁莉莉看她心神不宁，主动说："小黄豆，跟我回家去拿小饭吧，不过我是骑'白马'的，你是走路的。"

香咕小跑着，一路上她都在想象和小饭见面的情景。可是等她到了刁莉莉家，刁莉莉把两手一摊，说："小饭找不到了呀。"

"不会有事吧?"香咕着急地说，"你说过要爱护它的。"

"是啊，是啊。"刁莉莉说，"昨天我妈妈下班回来就告诉我长疙瘩没事的，然后我就去奶奶家玩了，回来后没有看到小饭。会不会是妈妈帮我收起来了? 对了，也许它掉到床底下去了。"

香咕帮着刁莉莉寻找，床底下、橱后面都找遍了。刁莉莉也急了，把大橱里的东西一股脑儿都翻出来，扔了一地，结果一不小心把她奶奶送她的一只玉手镯踩碎了。

刁莉莉哭起来，她很心疼自己的东西，哪怕是一支普通的笔，她也会好好地藏在她的抽屉里，写起来很小心，像对待金笔一样。

香咕也哭了，因为她预感到小饭落入何桑的手里了。可怜的小东西，它会受折磨的。

果然，小饭是被何桑弄回家了，那是千真万确的。何桑亲口说："我把小饭扔在我家的马桶边，让它天天被臭气熏。我家的厕所是很臭很臭的。"

香咕对何桑说："你答应把小饭还我的，你不应该食

言呀。"

何桑哈哈大笑,说:"我的话你还信以为真了?"

何桑还故意激怒香咕,她让小饭跪在她家的窗台上,敞开窗子,让所有的过路人都看见。

香咕气呼呼地冲上旧公房,可是何桑死也不开门,站在里面唱山歌,哇啦哇啦的。等香咕再下楼时,看到小饭又一次被何桑按着,强迫跪着,另外,身上还绑着黑色的鞋带呢。

香咕躲在楼下哭了一会儿,她知道何桑是不会跟她讲理的,就直接去熟食店找何老板评理。

何老板说:"阿桑已经长大了,上星期我想给她买布娃娃她还不要,她怎么会抢你的布娃娃呢?"

"可是,我亲眼看到她占着我的布娃娃,还虐待它。"

"好吧,好吧。"何老板说,"我回去后查一查。"

但是,何老板答应后就没有下文了。他在路边看到香咕,也没想到她在特意等他的下文,只说:"天气不错,问你外婆好!"

不知是他忘记了,还是何桑哄骗了他,反正他不再提小饭的事情。

香咕又去找车大鹏帮忙,车大鹏找到一根很长的竹竿,打算等何桑再让小饭跪在窗台上时,他就把它撩下来,接住。

可何桑发现了他们，用手抓着小饭拖了进去。

胡马丽花知道香咕爱小饭，她觉得很过意不去，就瞒着香咕，拿着自己值很多钱的东西去找何桑"赎"小饭，可是何桑拒绝了。何桑对胡马丽花说："为什么她能有小饭，我就不能有呢？现在正好换一换。"

"那是她妈妈送她的。"胡马丽花说，"所以才值得珍惜呀。"

"为什么我就不能有值得珍惜的东西呢？"何桑说，"为什么我妈妈从不送我礼物呢？"

胡马丽花看出自己越解释就越要不回小饭，只好失望而归。

香咕愁眉苦脸的模样被外婆看出来了，家里的大事都瞒不过外婆的眼睛呀。外婆问明了情况后，就把何桑叫来了。

何桑倒是没抵赖，但是说小饭是她捡到的，现在她对它产生感情了，舍不得拿出来了。她说："我比香咕还要爱小饭呢。小饭跟着我，日子更好过了。"

不知那个何桑还对外婆说了什么，外婆开始同情何桑，说何桑也不容易，在家里有时会被性格暴躁的父亲打骂，很孤独的，又没有得到过妈妈的疼爱，所以是"可怜的小姑娘"。她说："不要急，过一阵我再帮你把小饭要回来吧。"

后来，香咕看见何桑站在窗前紧紧地抱着小饭，好像的确喜欢上了小饭。可是香咕更爱小饭呀，小饭好比是香咕相依为命的妹妹呀，是她现在日夜思念的同伴呀，香咕想念爸爸妈妈，想到心里发疼的时候，就想带小饭出门，抱着它就像找到了有话可问、可说的亲人。

香咕的事情崔先生也知道了，他要找何桑谈谈，托人带口信过去了。可是何桑看见崔先生就逃走。他上楼敲她家的门，她就屏住气，不开门，不让他找到她。

刁莉莉为小饭的事情有些不好意思，但是她对何桑也没办法，只好对香咕说："算了，你干脆装做忘记小饭了。等你不要小饭了，她也就不要了，这样事情就解决了。"

可是香咕对小饭的感情那么深，她是装不出来的。如果做出对小饭漫不经心的样子，她的心里就会发疼。

有一天，刁婆婆来刁莉莉家吃饭，特意跑到外婆家来看望香咕。

香咕把小饭被何桑抢走的事告诉了刁婆婆。

刁婆婆当然知道小饭，她很生气地对刁莉莉说，不许再和不讲信用的何桑交朋友，她们不能来往了。

何桑听说了后坚决不答应，因为全世界她就剩下刁莉莉这么一个朋友了，所以她松口了，说："我可以归还小饭，可是小香咕她没有来找我呀。"

香咕去找何桑，何桑却说："你要求我帮忙？那好，低下头，跪下来，我才把小饭还你。"

香咕扭头就走，她去了熟食店，就站在门口，一言不发。

顾客们很快就发现了小香咕的存在，他们问："怎么回事呀？你们店欺负小孩子呀？"

何老板发现事情有点严重，就用好话哄着香咕。他告诉店里的顾客，说他的女儿阿桑最佩服香咕啦，那个阿桑总是求神仙保佑她，能赢小香咕。然后，他开始忙着做生意，嘴里跟熟识的客人聊战争、棋类、小孩子迷上电子游戏什么的。

可是，新的顾客们又发现了小香咕的存在，他们问："怎么回事呀？你们店欺负小孩子了吧？"

天渐渐地暗了，何老板发现不对了，因为香咕丝毫没有离去的意思，她很倔犟地等着，非要讨个说法。

"我回家后会跟阿桑说的，你先回家吧。"

香咕笑一笑，纹丝不动。所以何老板改变了，拿来凳子请香咕坐一坐，然后就给何桑拨电话，大喝一声说："阿桑，马上把人家的东西还掉！"

可是，何桑嘴里答应着，却还是不舍得归还小饭。

第二天放学，香咕又去熟食店了，正巧何桑也在。香咕以为何桑恨死了自己，会冲过来大吼大叫的，可是何桑没有，她知道理亏，所以只说了寥寥数语，责怪香咕"不上路"。

何老板看见香咕又上门来了，一句话也不问，对她满脸堆笑。一转身马上变了脸，点着何桑的鼻子骂。何桑呜呜地哭了。后来他叹了口气，不管熟食店的生意，特意提前打烊了。

何老板亲自把香咕送回家，说："你果然比阿桑厉害，你知道讨回自己的权益。阿桑服你是有道理的。"

当天夜里，何桑主动来找香咕了，她没敢动手推搡香咕，嘴里也没有骂难听的话，就和香咕说了一通话。她说："你要答应帮我出点子，小饭是别人的东西，我也不稀罕，我就想把毛尾巴讨回来……"

香咕看着她，没有回话。何桑马上又说："那么，等有机会讨回毛尾巴的时候，你要帮我出好点子。"

香咕想了想，说："这件事情，我愿意帮帮你。"

何桑二话不说，啪的通一声把小饭扔了过来。

香咕抱着小饭百感交集，她想了那么久，努力了那么多次，现在终于讨回了属于自己的小饭，她觉得自己真正成为能保护小饭的姐姐了。

　　高庄的妈妈为了高庄从遥远的地方赶过来。拐杖婆婆不让高庄的妈妈到外面去租房子，说外面的房租太贵了，再说，母亲和儿子在一起生活多好。

　　高庄的妈妈身材矮小，身体不太好，好像白天还行，有说有笑的，但是到了夜里就会喘不过气来，常常要数着脉搏，坐在那里大口吸气，不然会很闷很闷的，像有块大石头压在心口上。

　　但是高庄的妈妈要养活自己，还要为高庄挣出生活费，她不愿意让拐杖婆婆从救济金里省下钱来给高庄用。她很勤快，在家休息一天就会坐立不安地说："哎呀，今天没干活，白吃饭了。"

　　拐杖婆婆托了老乡让她去环卫所应聘之后，白天她就可以开开心心地干活了。累极了的时候才坐下偷偷地数脉搏、大口呼气，她不想让别人看出自己像一个病人。

　　她清晨扫过的街道总是一尘不染。

　　高庄每天很早起床帮着妈妈一起干活。刁婆婆起得更早，她为他们准备可口的粥和糕点。他们家的兔子球球也很勤劳，愿意跟着高庄一起上街，在树叶堆上蹦蹦跳跳。

　　何桑已经和高庄彻底闹翻了，可是她还是忘不了那只兔子球球，也许她以前对它是很真心的吧，所以何桑假装也有清晨散步的习惯，有时也一早起床，在高庄他们干活的附近走动着。

都知道女孩会讨厌一些又脏又坏的男孩，可是好像也会讨厌另一些女孩呢。香咕就受不了那个何桑，何桑太喜欢攻击别人了，心肠硬得像花岗岩，除了刁莉莉她对谁都是苛刻的，稍不称心就要滋事。

周六那天香咕起得早，在小路沙沙那里兜了一圈，拾到一些刚刚飘落的花瓣，她又穿过小路到小区门口去寻找，正好碰上何桑在和高庄吵架。

"恶心鬼，你用扫帚扫到我的皮鞋了！"何桑大吵起来，"脏死了，你要赔我的皮鞋。一个扫地的，敢把垃圾扫到我的高级皮鞋上。"

"这不能怪我，是你走到我面前站着不动。"高庄说。

"我就喜欢站在这里看风景，听鸟叫，不可以吗？"

"原来你是故意的！"高庄说，"你这么坏。"

何桑就是故意的，她用脚把高庄母子扫成一堆的落叶踢开去，说："去买好吃的来赔我的损失，听见了吗？"

高庄的脾气是忽软忽硬的，对一些温和的女孩们，他什么都好说，像绵羊似的，帮了她们很高兴，被抢白了也无所谓，但是有时他碰到不讲理的人，就会很计较，发起火来像小狮子。他对何桑说："快滚蛋，不然我就把你扫到垃圾车里去！"

何桑不肯让开，她扛起膀子，要和高庄打架。

矮个子的高妈妈跑来了，她递给何桑一个皮球，说：

"要是你心里有气，就用力去踢它吧，球儿不会找你麻烦，也不会让你赔偿医药费。要是你踢的是人，踢重了，会有大麻烦的。"

"算了吧，我可不想听你的话……你扫垃圾扫到的一个别人不要的球。"

"垃圾总要有人去扫的，对不对?"高妈妈说。

"可是，"何桑说，"谁让你带着你的孩子也扫地。"

"我的孩子从小吃一点苦也没什么不好，他可不会嫌弃自己的妈妈。"高妈妈自豪地说。

何桑眨巴着眼睛，好半天说不出话来。后来她站在一边唠叨说，高庄有个没钱的倒霉妈妈。

香咕不同意何桑的说法，高妈妈虽然很普通，可是她爱护自己的孩子。

香咕听何桑不断地说些难听的话，就说："我觉得高妈妈很棒的。"

何桑翻翻眼睛，点点头，又说高庄的小个子妈妈并不想要有很多钱，一心要对儿子好，而她自己的妈妈，算是一个有钱的人了，可是还想要更多的钱，所以找不出空来管孩子的死活呀。

这时香咕忽然看到有熟悉的身影从小区门前一晃而过，那是两个小小孩，他们手儿拉着手儿，看着马路发呆，好像不懂得怎么穿过马路跑到这边来，他们一会儿往马路中间跑几步，左看右看，又退回去几步，反反复复迟疑着，不知怎么办才好。

原来那是白白和小明——小葵花福利院的小胖子和小瘦子，香咕姐妹们帮过他们，知道他们是小葵花福利院里有名的调皮孩子。

香咕叫了他们一声，连忙穿过马路把他们接过来。

白白还是那么胖乎乎的，他看见香咕后马上就认出了她，拉着她伸手讨吃的东西，说全是小明出的坏点子，小明叫他逃出来找香露，找好日子过，所以他就跟来了。但是一路走，什么都找不到，他们没喝上什么，也没有吃到什么，连睡觉也没有着落。

但是小明不后悔，很坚定地说："我要找香露姐姐，她最好了，一个顶三个。"

香咕把他们领到外婆家，两个小客人前脚到，马莎姨妈的电话就追来了，说两个小孩昨天傍晚就从小葵花福利院跑出来，原因是小明刚受到表扬，得到了老师给的一个五星折纸，别的小朋友都羡慕地说好，他相信那是最好的，所以就逃走了，想把那五星送给香露呀。

香露还在梦里呢，看见白白和小明后她说："呀，我的梦真准呀。"

她说梦见他们来了，千真万确，就是梦到了，他们是为了让她的梦成为真的事情才过来的。

马莎姨妈也赶过来了，她跟小葵花福利院的老师商量过了，要留白白和小明在这里住一两天。这下全家都高兴，来了小客人多热闹呀。

外婆问赛仙婆婆借来了一些男孩子的衣服，让他们两个把臭烘烘的脏衣服换掉。结果他们穿上了车大鹏和车大鸿的衣服，实在太大了，像理发时披的围单一样，老是晃来晃去的。

小明和白白他们先是抢着玩小铁甲，一会儿把它翻过来，一会儿让它像公交车一样往前开，推着它说："开车了，嘟嘟，叭叭。"

香拉忍住脾气，说："手脚轻点，不要弄疼小铁甲。"

他们还要小铁甲飞起来，结果掉在地上了。

小铁甲慌忙把头缩进去，一动不动。

结果白白和小明吓得不行，以为小铁甲的脑袋掉了。香拉说要他们赔，他们一边说着"不赔"，一边抱在一起哭成一团。

胡马丽花说："虽然你们是不小心抢坏的，但是你们还知道心疼，那就算好的。"

过了一会儿，小铁甲伸出头来，他们又说："修好了！"然后两个人就相互拥抱起来，说，"好兄弟呀！"

白白和小明之间原先并不和睦，在他们共同结识了香咕她们后，彼此之间话儿就多了起来，成了好兄弟。

　　香咕分饼干给他们，他们好像饿坏了，狼吞虎咽的，外婆心疼他们，把冰箱里的满天星什果冰也拿给他们吃。白白吃光了手里的饼干和很多甜食后，马上打起了瞌睡，爬到大水床上睡着了，而小明手里拿着剩余的饼干比来比去，看哪块饼干上的花纹更好看。

　　过了一会儿，高庄代表拐杖婆婆和高妈妈，来邀请香咕她们带着白白和小明去他家吃午饭。

　　快到中午时，胡骄姨父过来了，他看马莎姨妈一早就来这里了，所以他也要来，他总是喜欢和马莎姨妈在一起，也许他喜欢所有的人都知道他是她的丈夫吧。他还买了好多好多熟食，好像都是在何老板的店里买的，他偏好吃店里的烤鸭。

　　他说："闻到烤鸭香了吗？中午你们就在这里吃饭吧，不要到拐杖婆婆家去添麻烦了。"

　　高庄不说话了。

　　后来，胡骄姨父做了一点让步，因为他看见小孩们都虎着脸，不准备响应他的主张。他说："愿意去拐杖婆婆家吃饭的人就去吧，愿意留在这里的，我保证他绝对不会吃亏的，有好吃的，还有好玩的。"

　　香咕她们全都走了，因为她们更喜欢去拐杖婆婆家品尝高妈妈的手艺，还有高庄烙的虾皮小饼子呢，那是很新鲜的呀。小明和白白也不例外，他们很喜欢高庄，连他做

小饼子时的手势，他们都要学呢。

大狗路易驹跟着香咕她们去拐杖婆婆家，它看到院子里有高庄带着白白和小明他们就连着叫了好几声，看样子它不喜欢聚起一大群来淘气的男孩子。

高庄见路易驹摆出很不友好的姿态，就说："狗弟弟，别凶！"

于是白白和小明看见路易驹就叫"狗弟弟"。

胡骄姨父好像也不在乎，踱着步子来拐杖婆婆家察看，他说："这里可不安静呀！"

不过，他回去后就让马莎姨妈把一块蜜汁烤肉、十只烤鸭腿送到拐杖婆婆家。马莎姨妈说："祝你们都有好胃口，不过晚餐时欢迎你们一起来我家。"

高妈妈长得像小姐姐，很矮小的，她的工作也不够好，是一个清洁工，可是她不比别的妈妈差一点点的，看她多能干，能做出一桌子菜，她也喜欢花时间和孩子们在一起相处，倾听孩子们说话。

她对车大鹏很好，像对一个干儿子，给他织毛衣，把他也请来做小陪客。

小院子里，好吃的饭菜堆了一桌子，特别妙的是拐杖婆婆种出来的小金橘，那一次别的花草都被拔光了，它是因为被搬进了屋子，才免于浩劫的。拐杖婆婆说金橘蘸了蜜糖吃，是又酸又甜的滋味，如果不蘸蜜糖吃，就能吃到金橘本身的清香滋味。

大家都在品尝，只有高庄心神不定，伸长脖子往外看，一会儿又背着手儿走出去转了一圈。

"你是在等梅花吧?"香咕问。

高庄点点头，很佩服香咕猜出他的心思，在这样热闹的日子里，他很盼望表妹梅花也能前来参加。他说："刚才，我已经跟舅舅说了这个心愿。"

香咕自告奋勇去找梅花，因为她担心高庄的舅妈不让梅花出来。

听说高庄的舅妈现在还是管着梅花，因为梅花喜欢上了拐杖婆婆的小院子，想尽办法要来，所以她看着就觉得窝气，就说去了那里之后会学坏的，变野了。

还好，过了一会儿香咕把梅花带来了，梅花说本来她是出不来了，后来她的爸爸突然想给妈妈买皮鞋，就和妈妈一起逛商店去了。

"明白了。"高庄感动地说，"好舅舅呀。"

梅花一离开她的妈妈就变成了快乐自由的小鸟，她的快乐又感染了在场的人。

高妈妈给大家倒上饮料，当他们每人端起一个杯子时就说："干杯。"

高庄提议每人说一句心愿，然后由拐杖婆婆来点评。

"时间，慢一点走吧。"胡马丽花第一个说。

拐杖婆婆评点说："人啊，留不住时间的，但是能留下友谊，留下人对人的好。"

香拉说："我的心愿是，请小明和白白到我们班去，这样，小杨老师就知道我在做好人好事了。"

拐杖婆婆笑眯眯地点点头。

高庄说："看样子，香拉小妹妹的这个心愿能够实现的。"

香露说："我希望小红阿姨能和'虎牙叔叔'结婚。"

"谁是虎牙叔叔？"车大鹏说，"你家还有没有狼牙叔叔？"

香露说虎牙叔叔，香咕一听就明白了，那就是民警汪伟民呀，他和小红阿姨很要好的。拐杖婆婆说："好事啊，听说是香咕的小张舅妈给他们牵线介绍的。"

轮到香咕了，香咕说："希望小明和白白能快快乐乐的，大家高高兴兴的，能有更多的时光在一起度过……"

"多好的孩子呀。"拐杖婆婆说。

最后轮到了梅花，梅花说着："我真想搬到这里来，和表哥还有姑妈住在一起，做自由自在的人。"说着说着就要哭了。

拐杖婆婆摸着梅花的脑袋，没有说话。

饭后，胡骄姨父又来了，他很有兴致呢，带领小孩们一起去郊区参加钓鱼比赛，说钓得多的人有重奖。

马莎姨妈也参加了。在那场钓鱼比赛中，胡骄姨父、马莎姨妈把他们钓来的鱼全部都给了小明和白白，算他们钓到的，所以他们得到了奖品。

香拉起先还有些不服，不过大家看见小明和白白兴高采烈的样子都高兴，她也就高兴起来了呢。

晚餐前马莎姨妈取出了二百元钱，问他们去哪一家超市买菜肴和食品最好，她希望多买些大家喜欢的东西，使晚上的聚餐更丰富。

香露吵着说她最会采购，马莎姨妈把钱交给了香露，但是说好了条件，那就是让胡马丽花和香咕、香拉也出动，高庄和车大鹏他们想跟去也欢迎，但是选好食品菜肴之后，要大多数人认可后才可以付费。

到了超市，起初香露让大家帮着推小推车，不让他们管钱，也不让他们管选购的事，自己紧紧把钱攥在手心里，指挥着香拉拿东西。

她们手忙脚乱地往推车里放些花花绿绿的东西，结果装上车的，都是她们两个最喜欢吃的东西，几乎全是零食。要付费时，香咕和车大鹏他们都连连摇头，说："不及格。"

香露开始赌气，把那二百元钱给了香咕和胡马丽花，说："你们去选吧，记住，选得不称我心，我也可以反对的。"

男孩收容所

香咕拿到这二百元钱后就牵着白白和小明的手，询问他们爱吃什么，又考虑外婆外公的牙不好，所以买了点软的菜肴，还有胡骄姨父和男孩们爱吃的烤肉，香露香拉爱吃的零食，马莎姨妈爱吃的水果。结果，她买的是大家喜欢的，没有照着自己的喜好买。要付费时，所有的人都没有意见。

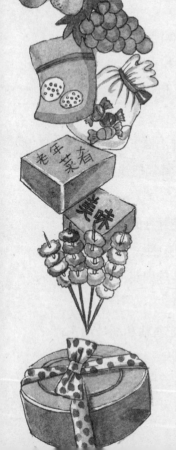

香咕他们不仅买回来一堆菜肴、水果，还有一大块鲜奶蛋糕，因为他们看见白白在偷看它，悄悄地流口水。

香咕和胡马丽花受到了表扬，马莎姨妈还叫香咕是"小当家"。为此，香露不太服气，嘀咕说马莎姨妈真偏心，让香咕她们"又有名，又有利"，而她和香拉，"什么也没捞到"。

周日晚上，白白和小明要回小葵花福利院去了，香咕他们真舍不得呀，因为有了他俩，大家共度的那些日子才分外光彩，与众不同。

马莎姨妈答应过一阵再把小

哥儿俩接出来，还要领着他们去看一看香咕的学校，再到香拉的班里转一转。

小明和白白也恋恋不舍的，小嘴里"姐姐哥哥"叫个不停，还和他们拥抱，他俩个子矮，亲不到他们的脸，就抓起他们的手背亲着。

马莎姨妈感慨地说："两个孩子这么懂得珍惜感情，我真为他们骄傲……"

元旦前夕，香咕他们的学校举办了一个义卖会。在这义卖会上每个同学都可以带着心爱的东西去参加义卖，义卖到的钱全部捐献给小葵花福利院。大家要在新的一年来临的时候，表一表全体师生的爱心。

香咕他们班每个人带的东西都不一样。林杰带了一个笔记本，笔记本的面儿上装着一个手表儿，像长了一只圆圆的猫眼。有的同学带来一支钢笔，也有的带长毛绒玩具来了呀，还有带多余的书包来义卖的。小香咕带了钥匙圈，还有一些爸爸送的小贝壳，当然不是小甜蜜。

车大鹏带来义卖的东西很怪的，就是那一只名叫"小坦克"的乌龟，另外还有两条毛毛虫。听说那两条毛毛虫是他自己培育出来的，他对它们很好，给它们取名叫"可怜虫"。

这个人平时有点马大哈，可是这次对义卖会还挺上心的，特意穿上小西装。那是他最好的衣服，虽然西装做得很合身，可是他穿着觉得很不舒服，老像在做广播体操似的，一会儿伸直胳膊，一会儿耸动肩膀，把袖子往下拉扯拉扯。

没想到，前来观看这两条可怜虫的男孩特别多，因为全校没有人能在义卖会上想出这种歪点子。第一批有好奇心的人挤过来看可怜虫，马上，很多不知道第一批挤在那里干什么的人又围上来。不多时，这里已是人山人海了。

车大鹏兴奋地大叫："热卖热卖，走过路过，不要错过。"

很快，又来了一大帮女孩看可怜虫，女孩一多，车大鹏就不说话了。他不爱和陌生的女孩打交道，见了她们就不说话了，摆起架子来。一旦和她们变得熟悉了，他才会说个不停，好像全是他的天下了。

所以他让小香咕回答女孩们的提问，并且要义卖成功。

小香咕觉得难死了，义卖别的并不难，她已经把自己的钥匙圈和小贝壳，还有大杨老师捐的小熊维尼都义卖成功了。可是现在车大鹏这个卖主太难对付了，老是变来变去的。

这时，有个女孩跑过来问小坦克的价格。

车大鹏拉拉西装的袖子，很有派头地说："你说呢?"

女孩说："五元。"

"不行，太便宜了。"

"那么……十元。"那女孩说。

"不行，太贵了。"车大鹏对香咕说。

"你说多少呢?"那女孩又问。

车大鹏找了一张雪白的白纸，把小坦克放在白纸上，用一只手儿抚摩着它的背甲，坐在那里就不知怎么回答对方了，结果一句话也不答。

那女孩挺尴尬的，买了林杰的笔记本后跑掉了。

香咕问："你到底要义卖多少钱呢?"

车大鹏也不答话，后来他拦住一些过路的男孩，问他们为什么不买小坦克，它可是世界上最灵活的乌龟，因为他已经教会它一点绝技了。

后来，真的来了一个胖乎乎的男孩，名字叫万里城，他看中了小坦克，一下子出了二十元的价格。

车大鹏抬头看看那男孩，说："你说，谁是最爱小坦克的人?"

那个胖乎乎的叫万里城的男孩说："还可以再加一点钱!"

"说呀!"车大鹏吼了一声，像小狮子似的，"谁对小坦克最好?"

万里城笑一笑，说："如果我买下它，就会成为最关心它的人。"

"不行。"车大鹏推推林杰，说，"你快说现在是谁对它最好。"

"那当然是你。"林杰说。

"答对了，所以我谁都不卖。"车大鹏说，"不过，小坦克还是要义卖的。"

说着，车大鹏从口袋里摸出十元钱，放进爱心箱里，兴奋地说："义卖成功，车大鹏买下了小坦克。"

万里城遇到了这样的卖主，就问："为什么会这样呢？"

可是车大鹏的那两条可怜虫，一直没有买主来问过，它们太细了，跟两条白线似的，还蠕动个不停呢。

车大鹏对香咕说："请你把它们买下来吧。两条虫卖两元钱。"

香咕说："我想买些别的文具，不愿意买可怜虫。"

"算了吧，"车大鹏说，"看我来想办法，我去找一些引人注目的东西，如果有了陪衬，肯定会有人把可怜虫买去的。"

他跑到校门口找到一根被园林工人截下来的大树枝，把树枝拉到摊位上，将两条蛆一样的细虫子放在树枝上。

"买不买？"他说，"我不是光卖毛毛虫，是卖毛毛虫儿上树。"

后来，那个叫万里城的胖乎乎的男孩又走过来，问香咕："又要义卖两条毛毛虫了？挺好玩的，这回是真的卖

吗？就卖给我吧。"

"好，两条虫两元钱。"香咕准备成交了。

"慢一点。"车大鹏又舍不得了，他问那万里城，"你说，你买这毛毛虫儿是想派什么大用处的？"

万里城说："我爷爷喜欢养鸟，我想买两条毛毛虫给爷爷的鸟儿吃。"

"瞎讲！"车大鹏还怒了呢，说，"就不卖给你。"

这时香拉来找香咕，她的小手里拿着小粘纸、小卷笔刀什么的，非要香咕买他们班里的义卖品，还要出一个高价，想要他们班争得第一。

香咕有点为难，香拉就急了，硬要把粘纸贴在香咕的衣服上。

香咕说："别踩在树枝上，那里有两条虫。"

"就踩，就踩。"香拉说。

"气死我了！"车大鹏大叫一声，他不停地说，自己辛苦饲养大的可怜虫，怎么能派这个用处，去喂一只普通的鸟，这真是笑话。

他火冒冒的像受到了刺激，突然使劲儿地把树枝一拽，香拉正站在树枝的另一头，被他这么一抽，一下子栽倒下去，嘴巴撞在了桌角上，她哇哇地哭起来。

事情闹得太大了，因为香拉磕掉了一颗牙齿。

车大鹏吓坏了，赶紧把香拉的牙拾起来，对香拉说：

"喏，赔给你吧，我把牙齿还给你吧。"

"可是，可是，它掉了。"香拉大哭起来，"我不想变成难看的豁嘴巴呀。"

车大鹏把那颗牙齿塞到香咕手里，自己转身就走掉了。结果还是那个叫万里城的男孩帮着香咕把香拉送到医务室去了。

当天晚上，赛仙婆婆和车大鹏的妈妈来探望香拉，可是车大鹏始终没有露面。

"车大鹏为什么不来看香拉呢?"香咕悄悄地问。

车大鹏的妈妈说："这个人……不敢来，他害怕看到香拉……唉，在成熟男人和天真婴孩中间还有怪里怪气的男孩，他是想保护女孩的，可是又没有这个本事，没想到……"

那之后车大鹏看到香拉就躲，吓得不行，好像她手里拿着武器正要追杀他。

香咕很好奇，就去找高庄打听这件事，因为他们俩是好兄弟呀。

"他不想看到香拉缺了一颗牙齿的样子。"高庄说。

香咕还想问些别的，可是高庄不想回答，说："你还是问他本人更好。有的事我可以代表他，这件事我不能。"

香拉掉牙齿的事情引起了轩然大波，消息一直传到小爹爹于杰和马琳姨妈那里。香拉的爸爸妈妈急得要请有名的牙医上门咨询，还要给小香拉"种牙"。接着，崔先生行动起来了，说认识一个日本的牙医，正在中国讲学，可以让他想办法来给香拉做修复。

就在他们进行热线联系、不停担忧的时候，一天早上，香拉突然说，自己缺牙齿的地方很疼的，要香咕帮她看一看。

她担忧地说："牙齿们会学坏的吗？看见掉了一颗，另一些也想掉呢。"

香拉做出狮子咬人的模样，突出了她掉牙齿的地方，香咕看见在香拉缺牙的地方长出了一颗小白芽似的新牙齿。

"太棒了。"香咕说，"牙齿长出来了，你会有宝石一样漂亮的新牙齿了。"

"真的？我不是豁嘴巴了。"香拉说，"可以笑了。"

香咕这才知道香拉都不敢随便笑了，就怕别人看见她的缺牙后说她是"豁嘴老太婆"。

这个消息很快就传到车大鹏的耳朵里，他不再躲避香拉了。但他还是不愿意说为什么当初会逃避，那么害怕看见香拉牙齿没长出来时的模样。

香咕想，要男孩说出真心话为什么那么难呢？

香咕全家的亲戚朋友都奔走相告，把这好消息说了一遍又一遍。

有一天，香咕在操场上碰上那个当时想买两条可怜虫的万里城，他还陪着香拉去过医务室呢。

香咕把这好消息对他说了一遍，他听后很高兴地说："我昨天就听说了……你们家最有意思啦，有一群小姑娘……还有，你们家办过一个生日宴，那个做面包的最好玩，是外国人吧？眉毛上都是白的呢。"

香咕这才知道，那个叫万里城的其实早就知道她家的很多事情了。

新的一年来临，好日子没过几天，香咕家里又冒出了事情，不是一件令大家嘻嘻哈哈的开心事，它来自"烦死老百姓"的小张舅妈，这下该明白那是烦恼的事情了吧？

那个星期六，小张舅妈又上门来了，除了带来一些要拆洗的旧毛衣之外，她还带了一个大家未曾谋面的先生。她把他直接带到外婆面前，说了一声："这是万老板，他要找你说说话呢。"

说完这些话，小张舅妈就溜走了，找高庄的舅妈聊天去了，也不知怎的，这两个舅妈之间走得很近，相当谈得来。

那个被称为万老板的人，个子不算高，和马明舅舅差不多吧，身体胖胖的，脸盘圆圆的，鼻子和眼睛也是圆圆的，如果要画出他是很容易的，用画熊猫的办法就行了。

他开口说出了一句让全家都吃惊的话："老太太，我要买你的老房子的事都拖了好久了，快点办手续吧。"

"什么？"外婆问。

原来那万老板看上了外婆的老房子，他一年前先把老房子楼上的房产买下来了，但是还觉得不够，就想买下底层和院子。

"你为什么偏要看上我的老房子呢？"外婆说。

"我的老父亲退休了，我想让他住在院子里，夏天养养鸟，冬天下雪的时候还能带着我儿子堆雪人。"

外婆没有吭声，过了一会儿才说："让我想一想吧！"

万老板走的时候，小张舅妈站在电梯口跟他说了好久的话，然后才慢吞吞地走进来。

这一天，真是破天荒呀，小张舅妈挽起衣袖到厨房去帮外婆干活，又是刷锅子，又是炒菜的，一句也不提万老板。

她不提，外婆也不提，但是外婆把马莎姨妈和胡骄姨父叫来了。

在饭桌上，说起老房子的事情，小张舅妈就说想早一点拿到那笔卖老房子的钱，这样她和马明舅舅就可以去订新房子，她说："现在漂亮的新房子多的是呢，挑都挑花眼了。"

外婆虎着脸，满心不高兴。她不接口说话，也不吃东西，直到饭菜都凉了，她还是不动筷子。

外婆说，自己一直是向着小张舅妈和马明舅舅的，因为马明舅舅是一个残疾人，又是她唯一的儿子，她很心疼他，想让少了一条腿的马明舅舅过得开心一点、轻松一点，所以把自己的老房子腾给马明舅舅一家住了，自己住进了马莎姨妈的房子，但是她还是很留恋老房子的，想在那里养老呢。

可是小张舅妈不识相，还说："那些富人啊，就是像鱼儿一样，住惯了大鱼缸后，再住小鱼缸就不行了，只有住大房子他们才活泛呢。那个万老板，以前在深圳住的是三百多平方米的房子，现在才二百多，所以看中了我那老房子了。"

"这可是妈妈的老房子呀，"马莎姨妈说，"也是我们童年的秘密据点。"

"那个老板看上我的老房子了。"外婆苦笑着说，"真有眼光，我那老房子，院子里弄得井井有条，那秋千架是老头子一刀一刀凿出来的，花了多少心血呀。"

其实美丽的马莎姨妈、马明舅舅、马琳姨妈还有香咕的妈妈都是舍不得那老房子的，他们姐弟四个都在

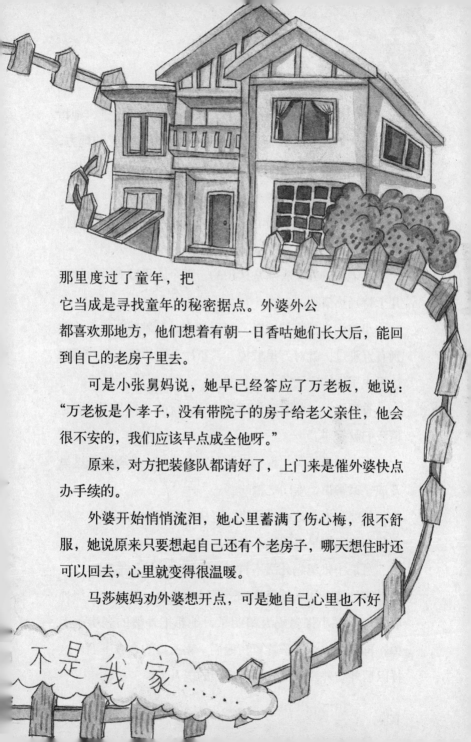

那里度过了童年，把
它当成是寻找童年的秘密据点。外婆外公
都喜欢那地方，他们想着有朝一日香咕她们长大后，能回
到自己的老房子里去。

可是小张舅妈说，她早已经答应了万老板，她说：
"万老板是个孝子，没有带院子的房子给老父亲住，他会
很不安的，我们应该早点成全他呀。"

原来，对方把装修队都请好了，上门来是催外婆快点
办手续的。

外婆开始悄悄流泪，她心里蓄满了伤心梅，很不舒
服，她说原来只要想起自己还有个老房子，哪天想住时还
可以回去，心里就变得很温暖。

马莎姨妈劝外婆想开点，可是她自己心里也不好

不是我家……

受。下午，她带香咕她们四个去老房子的院子走走，她指着一块大石头说："这里是我们小时候玩过家家的地方，这块石头很老很老了呢……那边是你马明舅舅小时候练飞刀的地方，这里留着太多美好的回忆。"

这天，万老板也带着一群人来看老房子，其中还有他的儿子万里城。

万老板的儿子香咕是认识的，那个万里城对香咕她们几个特别热情呢。

小孩们自然而然地在一起玩起来，玩着玩着，香咕感到有点难过，就对万里城说："下次再也不能玩了，因为这里成了你的家了。"

香拉说："到时我们还能来这里玩的，只要万里城邀请我们就好了。"

万里城摇摇头，说："这里不是我家，我爸想把这里开成一家餐馆，专门吃蟹的。"

外婆听说是这么一回事，坚决不答应卖出老房子，她催着小张舅妈早点回绝万老板。

可是小张舅妈死活不肯，一天一天地往后拖着。

赛仙婆婆和凤仙婆婆知道了这件事后，都悄悄地给外婆打气，说小张舅妈太精明了，她想把外婆的老房子卖掉，再买下的新房子就算在他们一家三口的名分下面，这样以后外婆外公就变成没有房产的老人了。

"真伤心啊！"外婆说，"小张怎么能这样对我们呀。"

周六的时候，香咕她们又悄悄地去外婆的老房子了。

看来万老板还是不死心，他手下的人请来设计师在院子里量地皮，他可不管这里是马莎姨妈他们的秘密据点，另外，它也快成为香咕她们的秘密据点了呢。

香咕她们对一帮外来者说："万老板让你们去路边等着他。"

等到把他们引出院子后，香咕她们又把小张舅妈也支走了，然后把院子的门锁起来，他们过来敲门，她们谁也不开门。后来小张舅妈在外面吵闹起来，她们还是不开门。

这帮人被关在门外，非常恼火的，都议论说万老板的儿子不像万老板，怎么随口就把商业秘密全部说出去，害得老房子要买不成了。

有一阵，万里城在校园里看见小香咕时，好像有点不好意思，总是笑一笑，赶紧走开去。

后来马莎姨妈和胡骄姨父找小张舅妈谈话，他们说如果她有卖老房子的念头，外婆外公就要搬回老房子住，也许他们还说了一些别的话。

轮到小张舅妈六神无主了，她看出全家人都在支持外婆，反对卖掉老房子。

香咕她们几个也偷偷写了"抗议！抗议！"的纸条，

男孩收容所

让小铁甲咬着慢慢地爬到小张舅妈面前，算是代表家里的小动物示威。

小张舅妈只好把拒绝的话跟万老板说了，据说万老板很生气，和小张舅妈吵了一通，还拍了桌子呢，说这打乱了他的计划。

他还不让万里城和香咕她们一起玩，说香咕这一家人太难弄了。

小张舅妈被万老板骂了后，很气不过的，她的口气开始变了，天天在外面说万老板的坏话，还说他是奸商。

可是万老板一家却成了小张舅妈的邻居，他们在老房子的二楼住下了。

就在万老板和香咕家的大人搞得很不开心的时候，两家小孩之间早已经悄悄地和好了。

香咕她们和万里城经常在一起玩的，无话不谈。万里城又诚实又活泼，他最喜欢模仿小铁甲行走的样子，故意走得很笨拙，又很逼真，比他爸爸万老板要可爱多了。

有一天，万里城邀请香咕她们去他家做客。香咕想一想，就说："等以后吧。"

"要等到什么时候？"万里城问。

香咕说："大人们需要用很多时间来消除成见呀。"

直到有一天，万里城骑着自行车上学，不小心摔在路边的煤堆里了，身上的衣服撕碎了，脸上擦破了皮，手上全是血。

香咕看见了，连忙把他送到医院去，并且安慰他说："不会有事的。"

后来万老板听说了这件事情，真的送来了请柬，要请香咕她们下馆子吃一顿，但是那一天送请柬时万老板没有出面，来的是他的太太。

監護室

九 爸爸 的 生日

香咕记着爸爸快要过生日的事情，爸爸的生日在春节前，是在最冷的冬天，老北风呼呼吹的时候。

爸爸在生病之前，是一个英俊的海员，那时他好像不喜欢香咕和妈妈给他过生日的。每次她们要给他买生日蛋糕时，他总是说："不要买啦，只有小孩才需要呢。看见你们母女俩穿得漂漂亮亮，心里甜甜美美的，我天天都像是在过生日……"

可是现在爸爸病得那么重，香咕很想为他过一个难忘的生日。

接连好多日子了，香咕默默地在忙碌，常常是起早贪黑的，她想赶在爸爸生日的时候，送给他一个小惊喜。

香咕收集了柔软的香喷喷的落花，然后把它们铺开，夹在本子里晾干。她的心愿是做一个花瓣枕头送给爸爸，让病中的爸爸在冬夜里也能找到和花草在一起的感觉。

可是她收集到的一大堆花瓣，夹在书里晾干之后就缩回去很多，眼看爸爸的生日要到了，可是收集的花瓣还不够，只能做成一只像拳头那么大的花瓣枕头。因为做一只像样的花瓣枕头需要千朵花、万朵花，这可怎么办呢？

这个消息传出去后，很多小伙伴都来帮着香咕收集漂亮的落花。

车大鹏是最卖力的一个，他夜里醒来还要打着手电筒去阳台上找落花，生怕它们被风刮走呢。因为车爷爷很爱花，看得很紧，不然的话，他早就把他家的花全摘了。有几次他还到公园里去拾花瓣呢，他走到每一朵花面前，都要使劲儿摇一摇花秆，说："别怪我狠心，花儿，你们早晚要凋谢的，不如趁早，那样能变成枕头里的花，常常和一个海员的脑袋挨在一起，多么体面呀，总比掉在地里和粪一起做肥料好啊。"

胡马丽花也尽力在帮助香咕，她的大姑想给她买新款的爱猫人文具，她连忙说："我喜欢鲜花，你给我多买一点花吧，越快越好，求你了。"

香拉的小脑袋里也装着香咕的事情，她不爱去公园，嫌那里太远了，她喜欢直接去花店门口转悠，看见有人买花，就上前去问买花的人要一朵最小的花。

人家问她为什么要讨花，她说有一个生病的人想要呀，于是人家就会给她一朵。

香露送给香咕的花瓣最多，她的那些花瓣得来最容易，是跑到那些新开张的饭店门口去摘的，那里排着一长溜儿装满鲜花的花篮，像花市一样。香露认为一个比花还要好看的女孩从那里摘几朵花回去，不算什么的。

何桑的反应也是很强烈的，但是她和别人不一样，何桑看见地上有落花，就用脚尖把它们碾碎，不想留着给香咕。她看到车大鹏他们都这么积极，生气地骂大棚车在讨好香咕，是个没有骨气的男孩。

后来何桑发现帮香咕的人越来越多，所以就对这件事不声不响了。她找到一些大的黄树叶，在上面画了鬼脸，然后用它们来算命，要算出小香咕的爸爸在什么时候死。

"你们猜猜，他死后是穿什么颜色的寿衣？海员死后会变成海里的冤魂吗？"何桑提高嗓门说。

没有人跟她搭话，也没有人觉得有什么好笑，因为大家听到香咕爸爸的病情那么重，都很同情他，巴望这一个生日他能好好地、圆满地度过，而何桑这样说实在是太毒了。

何桑见没人理睬她，只能作罢了，说："反正，我就喜欢看到有人倒霉。"

在爸爸过生日的前一晚，香咕在大家的帮助下，收集到了足够多的花瓣，真是几千几万朵花瓣呀。外婆帮她找来了软布儿，香露帮着香咕一起缝枕头。梅花也来了，帮着香咕在枕头上绣上了蜜蜂。

那个花草枕头美妙极了，它很软，也很香，好闻极了。香拉说，皇帝都不可能用上这样好的枕头吧。她们正往里面装花瓣时，马莎姨妈来了，她也把她采来的花瓣交给香咕，还特意在玫瑰花瓣上洒上了几滴玫瑰香型的香水。

那一晚，马莎姨妈帮着香咕打电话，终于找到亲爱的爸爸和妈妈了。

爸爸听说香咕有这样的想法，很痛快地答应了，说："好呀，好呀。明天我就可以枕着女儿送我的花瓣枕头进入梦乡了，多么令人期待呀。这件事要是让我们船上的哥儿们知道了，会羡慕我的……"

"那么，爸爸妈妈明天一定要等着我呀。"香咕叮嘱道。

"当然，好女儿，爸爸妈妈明天哪里都不去，就等着你……"

当晚，香露、香拉她们帮着香咕想生日祝词，那时候说的应该是一些又有文采又热情的话，跟平时的大白话可不一样。

马莎姨妈提议，全家人都在一张生日贺卡上留下对香咕爸爸的美好祝愿。

香拉第一个写，她写的是："生日就多吃些好吃的猪排和烧鹅吧。"

香露说："什么呀，像你要请客吃饭一样。"

香拉说："在生日贺卡上要写好听的话吧？太难了，如果是请客吃饭就容易写，我可以写：老天，为什么要请客？"

香露就很会写祝福语，写了"祝您早日康复，做香咕的大力士爸爸"。

外婆、外公，还有胡骄姨夫、马明舅舅他们也都写了，写好祝福的话后，他们还签上了名字，很郑重的。

第二天，香咕抱着花瓣枕头和生日贺卡准备去医院了。

忽然，何桑跑来了，她眼疾手快，一下子把那张贺卡抢去了。

"还给我！"香咕说。

何桑一边看，一边说："我还没有写呢。"

说着她拿出笔，一边跑，一边在贺卡上写写画画的。

香咕急了，叫着："不要乱来呀，这件事你怎么能使坏呢？"

一会儿，何桑把那生日贺卡拿回来了。香咕一看，何桑在上面加了一行字，写着：做花瓣枕头的人是草包枕头吗？下面的落款写的是车大鹏的名字。

另外，她在香露那句最顺耳的话后面，添加了"何桑"两个字，还把她自己的大名加在了香露的名字前面呢。

香咕去了爸爸的病房，可是爸爸不在，她在那里静静地等爸爸，但是一直没有等到。

后来妈妈来了，妈妈说爸爸从清晨起就等着见香咕了，想等到她后好好地亲亲她的，但是他的病情严重了，被医生送进了监护室……

香咕抱着花瓣枕头坐着等爸爸，一直等，可是爸爸始

终没有出来。

天黑了，妈妈说爸爸今晚出不来了。香咕流泪了，她多想亲手把花瓣枕头送给爸爸，和他一起度过最美好的一天。

香咕的泪水把花瓣枕头都沾湿了。

妈妈劝香咕先回家，把礼物也带回去，说等爸爸好一点了，再送来这珍贵的礼物，重新为他过一个美妙的生日。

妈妈送香咕出病房时，有一个小女孩在走廊上拦住香咕，问："姐姐，你拿的是什么好东西呀？"

那小女孩戴着小帽子，脸儿白白的，她拿过香咕的花瓣枕头就喜欢得不行，抱在胸前，把小脑袋低下去，挨着枕头，说："真好闻啊，能不能借给我呀？"

"这……"香咕犹豫着，因为花瓣枕头里装满了她对爸爸的爱。

小女孩的妈妈走过来，笑一笑，抱着女儿走了，可那小女孩仍然不断地回过头来说："我喜欢呀，真喜欢。"

香咕的妈妈悄声说："那个小女孩，得的是和你爸爸一样的病……"

香咕的眼泪又一次流了下来，她跑上前，把那花瓣枕头送给了小女孩。

妈妈抱住香咕，流着泪，在她耳边热切地说："爸爸知道后会很高兴的，一定会特别高兴的……"

香咕从医院回来，心里更加惦念爸爸了，爸爸能不能挺过来呀……她在心里想：加油，好爸爸，过去的大力士爸爸快回来吧。

她天天在等待的爸爸的好消息还没有来，就在这时，忽然听到一个惊人的消息：何桑可能要搬到她家来住了。

原来，何桑的爸爸何老板要到外地去开一家分店，他不放心何桑，想把何桑托付给外婆带一阵。外婆一向很同情何桑的身世，马莎姨妈也认为何桑很不容易，所以她们已经同意了。

可是何桑本人很不愿意。她对香咕说："我来了以后，你就完蛋了。"

她还说她有个习惯，喜欢半夜里把手在冷水里浸凉，去挠别人的脖子，所以香咕最好当心一点，因为她的手也

不喜欢香咕，所以在挠香咕时，手会像刀片一样的……

可是，何桑这种话从来不对大人说的，她希望自己在大人眼里是个"好姑娘"。所以，香咕家的大人们还很开心，觉得那是给香咕她们找了一个大姐姐。

何桑要住进家里来了吗？这下躲也躲不掉了，香咕心里充满了不安和忧虑……

图书在版编目（CIP）数据

男孩收容所/秦文君著.—南宁:接力出版社,2008.1
（小香咕新传）
ISBN 978-7-5448-0144-7

I.男… II.秦… III.儿童文学-长篇小说-中国-当代 IV.I287.45

中国版本图书馆 CIP 数据核字（2007）第 181071 号

总策划:白 冰 黄 俭 黄集伟
编辑顾问:李 玲 责任编辑:崔莲花 陈 邕
美术编辑:卢 强 插图:王 静 媒介主理:覃 莉
责任校对:张 莉 责任监印:梁任岭

社长:黄 俭 总编辑:白 冰
出版发行:接力出版社
社址:广西南宁市园湖南路 9 号 邮编:530022
电话:0771-5863339（发行部） 5866644（总编室）
传真:0771-5863291（发行部） 5850435（办公室）
网址:http://www.jielibeijing.com http://www.jielibook.com
E-mail:jielipub@public.nn.gx.cn

经销:新华书店

印制:三河市和达印务有限公司
开本:850 毫米×1168 毫米 1/32
印张:4 字数:80 千字
版次:2008 年 1 月第 1 版 印次:2008 年 3 月第 2 次印刷
印数:30 001—50 000 册
定价:11.00 元

版权所有 侵权必究

凡属合法出版之本书,环衬均采用接力出版社特制水印防伪专用纸,该专用防伪纸迎光透视可看出接力出版社社标
及专用字。凡无特制水印防伪专用纸者均属未经授权之版本,本书出版者将予以追究。

质量服务承诺:如发现缺页、错页、倒装等印装质量问题,可直接向本社调换。

服务电话:010-65545440 0771-5863291